산다는 건,
이런 게 아니겠니!

산다는 건, 이런 게 아니겠니!

펴 낸 날 2023년 11월 9일 초판 1쇄

지 은 이 곽미혜·권영남·김승태·배신일·손문숙·심인옥·유인자
윤한진·임해순·최은성·한신일
펴 낸 이 박지민, 박종천
기 획 김도현
책임편집 이경미, 김정웅
책임미술 롬디
마 케 팅 박지환

펴 낸 곳 모모북스
서울특별시 동대문구 왕산로81, 203-1호(두산베어스 타워)
전화 010-5297-8303 팩스 02-6013-8303
등록번호 2019년 03월 21일 제2019-000010호
e-mail pj1419@naver.com

ISBN 979-11-90408-45-5 03810

이 책의 선인세와 판매된 인세는 '인천교육행정정책연구회'명의로 저소득층 학생들에게 기부됩니다.

산다는 건,
이런 게 아니겠니!

김도현
손문숙
기 획

곽미혜
권영남
김승태
배신일
손문숙
심인옥
유인자
윤한진
임해순
최은성
한신일
지 음

모모북스

프롤로그

시나리오 각색을 마치고 나니, 글자만 봐도 울렁거려 토할듯 한 기분이었다. 즈음 강연 요청을 받았다. 강연 장소는 인천. 내가 사는 디지털미디어 시티 역에서 인천까지는 결코 가까운 거리가 아니었다.

홀로 시나리오와 씨름하던 고독했던 시간. 사람들과 섞이고 싶단 마음이 들어 덜컥 약속해버렸다. 강연 준비하는 동안, 학생들에게만 가르쳤던 글쓰기를 성인에게 하는 것이 다소 부담스러웠다. 내심 걱정도 앞섰다. 이것저것 따지지도 않고, 그저 사람들과 섞이고 싶단 마음 하나로 약속해버린 게 후회스럽기까지 했다.

그렇게 강연 약속 날짜는 다가왔다. 설렘과 기대, 걱정으로 강연 장소로 향하며 마음이 어지러웠다. 강연을 시작하며 글쓰기 멘티로 참석하신 분들의 푸근한 얼굴을 보고 나서야 마음이 놓였다. 강연을 마치고, 글쓰기 멘티님들과 소재를 잡는 동안, 그들만의 삶의 다양한 이야기를 들으며 즐겁고 행복한 기분에 괜한 걱정을 했구나…. 라는 생각까지 들었다.

글을 쓰기 시작하면 자기 검열부터 시작되던 내게, 글멘티님들의 풋풋한 글은 '신선함' 자체로 다가왔다. 글멘티님들의 진솔한 글들을 보며, 이대로 보따리에 고이 모셔두기엔 아까웠다. 그래서 이야기보따리를 풀어, 책을 만들어보잔 의견을 내며 여기까지 온 것이다.

얼이 담긴 굴과 같다고 해 붙여진 우리말, '얼굴'. 공저 11인 얼굴에는, 살아온. 살아낸. 그들만의 진솔함이 묻어있다. 그들의 선하고 당당한 면면이 떠오른다. 손문숙, 곽미혜, 권영남, 김승태, 배신일, 심인옥, 유인자, 윤한진, 임해순, 최은성, 한신일 멘티님들…. 그 얼굴들은 내게 아주 소중한 존재가 되었다.

글은 곧 기록으로 남는다는 압박감에 그들을 다독여주지 못했다. 그게 마음에 걸린다. 버리려고 쓴다는 초고부터 지금의 이야기꽃으로 탈바꿈되기까지, 정말 고생 많았다는 말을 지금이라도 전하고 싶다. 11인 멘티님들께 문운이 함께 하길 바라

본다. 겸손하지만 뚜벅뚜벅 도도하게 작가로 나아가는 길에, 이 에세이가 밑거름이 되길 희망한다.

이 책에 실린 공동 저자 11명은 모두 공무원이다. 바쁜 직장 일에도 뼈를 깎는 노력으로 틈틈이 시간을 내어 최선을 다해 쓴 글들이다. 이제 독자 여러분이 최선을 다해 읽어주실 차례다.

'산다는 건, 이런 게 아니겠니!'를 엮으며.

기획 김도현

김도현

학력 추계예술대학교 문화예술경영대학원 영상시나리오 석사

수상 2021년 경기콘텐츠진흥원 경기 시나리오 기획개발 대상 (부억)

경력 2023.05~2023.06 인천광역시교육청교육연수원 사무관이상 관리자 역량 강화 연수 글쓰기 워크숍 강사

2021.05~2021.11 경기콘텐츠진흥원 경기시나리오 기획개발 참여 작가

2021.02~2021.03 강남구립즐거운도서관 초등 6학년 글쓰기 캠프 강사

차례

한신일

곽미혜

프로필

경력 인천광역시교육청 지방서기관(33년 재직 중)

근무 인천광역시의회 교육위원회 수석전문위원

활동 인천광역시교육청 교육행정 정책연구회 회장 (2023년~ 현재)
인천광역시교육청 교육행정 정책연구회 글쓰기 동아리 '글힘' 회원(2023년~ 현재)
인천광역시교육청 관리자 공무원 독서모임 '여리' 회원
인천광역시교육청 내부강사

학력 인하대학교 일반대학원 다문화교육학과 박사학위 취득(교육학 박사)

논문 곽미혜(2022). 교육행정직공무원의 상호문화역량에 관한 혼합연구. 인하대학교 대학원 박사학위논문.
곽미혜·김민규(2022). 다문화학생을 위한 교육행정직공무원의 상호문화 감수성 및 상호문화역량에 관한 연구. 문화교류와 다문화교육, 11(4), 27-47.

E-Mail onlyrever@naver.com

|작품|

1. 나의 세 아들은 어디에 있나?
2. 그리워 부르는 그 이름
3. 똥 봉투가 어디 갔을까?

나의 세 아들은 어디에 있나?

“충성! 군에 잘 다녀오겠습니다.” “그래, 안전하게 군 생활 잘 하고 건강한 모습으로 돌아와야 한다. 항상 기도하마!” 아들 셋을 군에 보내던 때, “대단하십니다! 셋이나 군대를 보내다니 장한 어버이상 표창 감이네요.” 지인들이 내게 말했다.

손녀만 넷인 우리 집안. 아들이 귀한 시댁에 손자를 안겨야 한다는 강박관념에 아들을 낳게 해달라고 자그마치 석 달 동안 새벽기도를 드렸다. 그 기도가 세도 너무 셌던지, 우리에게 아들을 셋이나 주셨다.

지금은 딸을 선호하지만 25년 전만 해도, 남아선호사상이 지배적이던 시절이었다. 어떤 이들은 아들만 셋인 나를 보고 “에 그 아들만 셋이야? 아들은 사춘기 되면 남남 되고, 군대에 가면 손님, 장가가면 사돈 된다던데, 딸이 있어야 비행기 타고 호강하지. 딸 하나 더 낳아요."라는 말을 한다. 그것도 모자라, "쯧쯧... 딸 둘에 아들 하나면 금메달, 딸만 둘이면 은메달, 딸 하나 아들 하나면 동메달, 아들 둘이면 목 메달이라는데 아들 셋이니 목 메달 더블이네." 하며 웃음 반 안쓰러움 반 놀리기까지.

하지만 세 아들이 아직은 내 품에 있고 막내아들이 살가워서인지 그 말에, "딸이 하나 있으면 좋겠지만 아들만 주신 걸 어떡해요, 오히려 아들만 셋이니 돌아온 금메달이죠."라고 웃으며 대꾸하였다. 딸이 없어 아쉽지만, 우리 세대는 효도하는 마지막 세대이며 자식에게 버림받는 첫 세대라는 웃픈(웃기면서 슬픈) 말도 있지 않은가.

그 아들 셋이 어느새 장성하여 모두 군대에 가게 된 것이다. 군대를 제때 안 가서 걱정이던 큰아들이 훌쩍 가더니 얼마 되지 않아 둘째도 막내도 바짝 뒤따라가 북적대던 집이 텅 빈 듯 허전했다.

훈련소 입영 날, 아들들을 들여보내는데 고생할 걸 생각하니 눈물이 앞을 가렸다. 큰아들은 큰아들대로, 둘째는 둘째대로, 막내는 막내대로 마음이 짠했으니, 열 손가락 깨물어 안 아픈 손가락이 어디 있냐는 말이 절로 실감 났다.

입대 후. 연락이 되지 않으니 훈련소에서 잘 적응하고 있는지 속 태우던 차. 훈련소에 입영한 지 10여 일이 지난 어느 날, '자랑스러운 대한민국 육군! 그대들이 있어 든든한 대한민국입니다.'라는 군 슬로건이 적힌 커다란 상자가 집으로 배송되었다. '아 이게 말로만 듣던 장정 소포인가 보네!' 박스 앞면에 훈련병 번호가 적힌 낯익은 아들의 글씨체를 확인하며, '훈련소 생활이 얼마나 힘들꼬.' 하는 애달픈 마음과 함께 눈물이 핑 돌았다.

마음을 진정시키고 박스를 개봉하자, 아들의 옷가지와 신발, 모자, 가방, 손편지가 눈에 들어왔다. 옷에서 나는 아들의 체취를 느끼며 손편지를 읽었다.

'나의 자랑스러운 엄마, 내가 무뚝뚝해서 평소에 낯 간지러워 표현은 못 하지만 맘속으로는 지금까지 낳아주시고 키워주신 것에 항상 감사하고 있어요. 우리가 곁에 없다고 적적해 마시고, 운동하며 건강관리 잘하시길 바라요."

'본인도 힘들 텐데 엄마를 걱정하다니….' 마냥 어리고 무뚝

뚝하게만 느껴졌던 아들들이 부모를 생각하는 마음에 또다시 코끝이 찡해졌다.

훈련소 수료식 날. 군기가 빠짝 들어서 차렷 자세로 눈알만 굴리고 있는 아들에게 태극기와 이등병 작대기를 붙여주며 꼬옥 안아주었다. 자대 배치 후, 다행히도 요즘 군에서는 핸드폰을 평일에 3시간, 주말에는 10시간 정도 병사들에게 내준단다. 그 덕에 아들들과 카톡도 하고 통화를 하면서 목소리를 듣고 안부를 물을 수 있어 조금쯤 걱정을 덜게 되었다.

5~6년 전으로 기억된다. 아들 셋이면 한 명은 군 면제를 해준다는 지인의 말을 듣고 얼마나 좋았던지…. 한 명이라도 군에 안 보낼 수 있다는 생각에 기뻐서 아이들에게 얘기하니 서로 안 가겠다는 것이다. 큰 애는 첫째라서, 박둥이는 막내라서, 그 사이에서 둘째는 눈만 껌벅였다.

며칠 뒤 큰아들이 "엄마, 아들 셋이면, 한 사람은 군 면제시켜준다는 말은 가짜래요. 그런 혜택은 없다는데요? 에이, 좋다 말았어요." 하는 게 아닌가. "그럴 리가 있나, 진짜냐고 두세 번 확인 했는데…."라며 말끝을 흐렸다. 국방부에 문의해본 결과, 실망스럽게도 아들 말이 사실이었다. 가짜 뉴스라니. 다자녀 정책인 줄로만 알았는데 말이다.

최근에 만난 지인들은 아들 셋 다 군대 갔다는 소리에, "아들 셋 다 현역으로 보내다니 정말 대단합니다. 승진 감, 표창 감이네요. 근데 아들 셋이면 한 명은 면제 아니에요? 그런 줄 알고 있는데, 몰라서 셋을 다 보낸 거 아니에요?"라며 묻는다. 이렇게 말씀하시는 분들이 꽤 많은 것을 보면 병역자원이 많았던 시절에는 면제의 사유가 되었나 보다. 아들 둔 엄마들의 걱정이 오죽이나 컸으면, '오래전 시행했을지도 모를 다자녀 군 면제가 아직도 회자 되나….'하는 생각에 피식 웃음이 나는 일이었다.

군대를 현역으로 가기 싫어하는 아들들에게 나는, 복무기간도 많이 짧아졌고 여건도 많이 개선되었으니 이왕이면 현역으로 다녀오는 게 좋지 않냐고 말하였다. 하지만 남자에게는 '군생활 트라우마'가 많다는 어느 정신과 의사의 말을 방송에서 들은 후로는, 아들들의 염려하는 마음을 어느 정도 이해할 수 있었다. 한창 젊은 나이에 익숙한 환경과 친구, 사랑하는 가족의 품을 떠나 그동안 겪어보지 못한 군대라는 틀에 매여 생활하는 게 참 힘든 것임을 말이다.

군 복무는 어쩔 수 없는 대한민국 사나이의 의무! 나는 아들들에게 '피할 수 없으면 즐겨라.'라는 말과 함께, 기왕이면 국가를 수호한다는 자부심으로, 체력단련과 자기 계발의 시간이라 여기란 말을 해 주었다. 1년 6개월의 시간, 고된 훈련과 공동체 생활을 하다 보면 앞으로의 사회생활에 필요한 강인하고 유연한 정신력을 갖추게 될 거라 다독였다.

그래도 뉴스를 통해 군에서의 사건 사고 소식을 듣거나, 북한이 미사일을 쐈다는 소식을 접하면 가슴이 철렁 내려앉는다. 군에 아들을 보낸 모든 부모의 공통된 마음일 것이다.

오늘은 토요일. 가족 단톡방으로 아들들과 안부를 전하고, 못다 한 얘기는 통화로 하며 나의 아들 셋의 무사함에 안도의 숨을 내쉰다.

나는 소망한다. 18개월 동안 나라를 지키기 위해 밤낮으로 청춘을 바치고 있는 내 아들 같은 군인들이 무탈하기를. 그리고 군 생활이 트라우마가 되지 않고 찐한 전우애를 느끼며 건장한 남자로 탈바꿈하여 전역하기를. 그들 또한 나의 또 다른 아들들이기에.

그리워 부르는 그 이름

자욕양이친부대子欲養而親不待 '자식은 부모에 효도하고자 하나 부모는 기다려주지 않는다'

2020년 12월 26일 오전. 친정엄마가 마지막 숨을 거두셨다. 하루 전 12월 25일 크리스마스. 엄마는 이생에 마지막 날임을 아셨는지, 새벽 6시 첫 미사부터 마지막 저녁 9시 미사까지 온종일 방송 미사를 드리며 교황님 말씀도 듣고 기도를 하셨다.

자식들을 위해 고생만 하셨던, 자식들을 위해 애타게 기도하셨던 엄마를 떠나보내는 것이 너무 가슴 아팠다. 하지만 오랜 병상에서 고생하셨기에 하늘나라에서 평안하시길 기도드렸다. 그렇게 나의 엄마를. 우리 엄마를…. 보내드렸다.

내 신앙의 본보기인 엄마……. 엄마가 돌아가신 후 혼자서

성당에 갈 때마다 엄마가 없는 허전함을 크게 느끼며 엄마가 그리웠다. 성당에서 엄마와 함께한 미사와 성체 조배, 영성회 모임이 그리워, 엄마를 가만히 불러 본다. 엄마 살아계실 적, 시간 내어가며 성당에 모시고 다녀야 하는 게 귀찮아 짜증을 냈다. 엄마와 함께여서 은혜가 더 충만한 시간이었음을. 엄마가 세상을 떠난 후, 지금에서야 깨달으며 눈시울을 적신다.

"미혜야 내 고향에 가고 싶어. 엄마 손을 잡고 놀았던 넓은 집 앞마당과 개천이 흐르던 그 마을이 보고 싶네…."

엄마는 돌아가시기 전에 종종 즐거웠던 유년 시절을 그리워하시며 고향 동네에 가고 싶다는 말씀을 많이 하셨다. 아마 갈 수 없는 곳이라서도 그렇고 돌아가신 외할머니가 보고 싶어 그리움이 더 사무치셨던 것 같다.

엄마는 1941년 2월 함경남도 원산시, 천주교 4대 집안에서 여섯 형제 중 다섯째로 태어나셨다. 외할아버지가 공장 부사장으로 일하셨기에 어린 시절을 여유롭게 보내셨다.

하지만 1948년 외할머니의 이른 죽음과 1950년에 발발한 6.25로 인해 고생길이 시작되셨다. 그해 12월 미군 군수물자를 운반하던 수송선을 타고 온 가족이 맨몸으로 원산에서 부산으로 피난 내려오셨다. 피란민 200~300명이 용두산 중앙성당에서 담요 1장과 분유에 안남미(원조받은 베트남 쌀)를 넣고 끓인 죽을 1컵씩 배급받아 추위를 피하고 요기하셨다.

그곳에서 3개월 지내다가 외할아버지가 용두산 기슭에 천막집을 지어 옮기셨다. 생계유지를 위해 온 식구가 자판에 양담배와 사탕, 군고구마를 팔았고, 외할아버지가 국제시장에서 미군부대에서 나오는 물건을 받아다가 장사하신 덕에, 엄마와 이모 삼촌들은 학교에 들어가 공부를 할 수 있었다.

이후 외할아버지가 수녀님들이 운영하던 메리놀 병원 관리 담당으로 일하시면서 생활이 안정되어 대청동에 집을 지으셨다. 그곳에서 엄마는 고등학교 졸업 후 직장을 다니시다가 아버지를 만나 결혼하셨다.

엄마는 나에겐 천사와도 같으셨다. 비록 자식들을 풍족하게 먹이고 입히고 배우게 하지는 못하셨지만, '아낌없이 주는 나무'처럼 자식들이 잘되길 바라시며 뒷바라지를 해주셨다. 특히나 내가 직장생활을 잘 할 수 있도록 나의 세 아들을 살뜰히 키워주셨기에 감사한 마음은 이루 말할 수 없다.

엄마의 기도와 보살핌 덕분에 아이들은 구김 없이 잘 자랄 수 있었다. 나 역시 직장생활을 하면서도 하고 싶은 공부와 승진을 제때 할 수 있었다. 어떤 면에서는 엄마의 삶을 희생시킨 것 같은 죄송함을 금할 수가 없으나, “같이 살아 행복했어!”라고 하셨던 엄마의 말씀에 마음에 위로를 받았던 시간도 있었으니…. 엄마와 함께했던 즐거운 시간과 추억들을 생각하며 엄마가 그리울 때면 엄마를 위해 미사를 드린다. “사랑하는 엄마, 주님 안에서 평안을 누리소서!”

‘신은 인간을 모두 보살필 수 없어, ‘엄마’라는 존재를 아이 옆에 두셨다.’라고 한다. 그래서였을까. 아낌없이 주는 나무와도 같은 엄마의 사랑.

그 사랑을 당연시하며, 내 자식 키우기가 바빴던 나의 세월……. 나 또한 우리 엄마처럼 세 아들의 엄마가 되어 어느덧 50대 중반에 들어섰다. 기쁜 일이 생기거나 삶의 무게가 무겁게 느껴질 때면, 돌아가신 엄마가 무척이나 그리워진다.

부모의 사랑으로 자식은 성장하고, 그 자식은 다시 부모가 되어 또다시 그 자식을 사랑하며 삶은 이어진다. 그러나 내리사랑이라고 했던가. 부모가 자식을 사랑하는 만큼 자식이 부모를 사랑하기는 여간해 어려운 일인가보다. 그래서인가. 왜 우리는 부모님이 떠나고 그 소중함을 깨닫는가. 애달프다.

똥 봉투가 어디 갔을까?

"똥 봉투가 무사히 내 품으로 돌아오길!" 똥 봉투 분실사건은 20대 초반이었던 내게, 부푼 꿈을 안고 공직생활을 시작하게 된 남다른 의미로 다가온다. 그로부터 30년이란 세월이 흘렀다. 공직생활 역시도 그만큼의 시간이 된다.

1960년~90년. 학교에서는 연례행사처럼 기생충 검사를 위해, 매년 봄과 가을 두 차례 학생들의 채변을 거뒀다. 그 소중하고 귀한 똥 봉투를 내가 잃어버린 것이다. 그 사건을 이야기하려면, 1989년으로 거슬러 올라가야 한다.

그해 9월, 교육행정직공무원 시험에 수석 합격해, 처음 발령난 곳은, 현재는 충북 청주시로 행정 편입된 청원군 소재 ○○

중학교였다. 당시 '교육행정직공무원'이라 해서 교육청 또는 교육지원청에만 근무하는 줄 알았던 나는, 학교 서무과(현 행정실)에서 일하는 줄은 꿈에도 몰랐다. 공립학교 서무과에서 일하시는 선생님들이 공무원인지조차도 몰랐으니, 지금 생각해도 참 어이없는 신참 시절이었다.

당시 충청북도교육청에서 발령장을 수여 받은 나는, 근무시작일 전에 인사차 학교를 찾아갔다. 그곳은 청주 시내에서 버스를 타고 1시간이 더 걸렸다. 덜컹거리는 버스 안에서 끊임없이 이어지는 짙은 녹색의 플라타너스 가로수와 노랗게 익어가는 가을 들판. 그리고 띄엄띄엄 떨어져 군락을 이루고 있는 집들이 보였다. 지금 생각해도 그 길이 참 낯설고 길게 느껴졌다.

그 낯섦은 초행길이기도 했지만, 내가 부산과 청주 시내에서 학교 다녔던 나름 도시녀에다가, 시골 생활을 접해보지 못했기 때문이라는 생각이 든다. 첫 발령지로 도착한 청원군 ○○중학교는 시골이어서 그런지 이런 학교가 있었나 싶을 정도로 폐교 느낌이 물씬 느껴졌다.

학교명이 새겨진 명패는 비바람에 찌들어 흐릿하고 정문은 녹이 슬어 열어 젖혀진 게 스산함마저 감돌았다. 그뿐인가 교사는 누수로 천정이 얼룩져 문은 너덜너덜한데다 창문은 바람에 덜컹거리기까지. 대도시 30여 학급 이상의 학교들만 보다가 전체 학급이 6학급인 소규모 학교를 보니 아담하다는 생각보다는, 초라하기 그지없어 바람과 함께 후다닥 사라지고 싶단 생각이 머리를 스쳤다.

그뿐이면 다행이었다. 내가 근무할 서무과는 퇴직을 앞두신 나이 지긋하시고 근엄하신 서무과장님을 포함 3명의 행정직원이 근무하는데, 그 규모가 교실 크기의 1/4 정도밖에 안 되었다. 그마저도 책상과 캐비닛이 자리를 차지하고 있었고, 창문은 앞 건물에 막혀 어두침침했다. 숨이 막혔다.

교장선생님과 서무과장님, 교직원들께 인사를 드리고 돌아와 서무과 내 자리에 앉았다. 책상 위에 올려진 낯선 장부와 자료들을 흘깃 보는 순간, 내 인생을 정년 때까지 이런 곳에서 행정업무를 보며 '보람을 갖고 즐겁게 근무할 수 있을까?'라는 번민이 스멀스멀 올라오기 시작했다.

그런 와중에 과장님께서는 나와의 대화가 궁하셨는지 아니면 파리가 눈앞에서 "엥~"하며 얼쩡거리는 게 거슬리셨는지, 파리에게 사형집행 하듯, 파리채를 조용히 들더니 책상 위로 날아온 파리를 향해 "탁!"하고 내려치시는 게 아닌가! 순간 파리채로 파리를 잡으시는 그 모습이 내게 크게 클로즈업되며 현타(현실자각 타임)가 왔다. '공직'이라는 나의 핑크빛 꿈은 저 멀리 날아가는 찰나였다. 초라하다는 생각까지 더해지며, 내 꿈이 와르르 무너지는 소리를 듣는 것만 같았다. 문득 내 청춘을 이 좁고 답답한 곳에서 보낼 수 없다는 생각이 들었다.

내 나이 50이 넘은 지금. 돌아보면 꿈 많던 시절 꿈과 현실, 그 괴리에서 오는 젊음의 치기였을 것이다.

직장생활을 해본 경험도 없이, 직장인의 애환이란 것도 제대로 모르면서, '어느 곳이든 이곳보다는 활기차고 여건이 좋은 데서 근무할 수 있지 않을까.'라는 근거 없는 자신감이 불끈 솟았다.

교육청에 사표를 제출해야겠다 결심하고, 서무과를 빠져나와 시내로 향하는 버스에 올라탔다. 덜컹거리는 버스 좌석에 앉아 이리저리 흔들리는 내 몸만큼이나 번민이 일렁댔다. 입사하자마자, 퇴사라니…. 이 청천벽력 같은 사실을 어떤 방식으로 부모님께 알리며, 설득은 또 어찌해야 하나…. 고민에 고민을 거듭하고 있던 때. "미혜야~"하고 내 이름을 부르는 소리가 들려 뒤돌아보니 고등학교 때 많이 따랐던 수학선생님이 계시는 게 아닌가. 오랜만에 선생님을 뵈니 반가운 마음과 미래에 대한 염려가 뒤섞여 울컥, 눈물이 났다. 선생님께서는 생각지도 못한 곳에서 제자를 만나 반가운 김에 인사했는데, 제자가 웃으면서 도 눈물을 비추니 당황한 기색이 역력하셨다.

그간의 자초지종을 모두 들으신 수학선생님은, 당장은 서무과에서 근무하는 것이 답답해 보이고 비전 없어 보이더라도, 근무하다 보면 보람을 느끼고 근무 여건도 좋아지지 않겠냐며 위로해 주셨다. 그리고 처음이라 모든 게 낯설 수밖에 없으니, 적어도 1년은 근무해보고 퇴사해도 늦지 않다는 말씀까지 덧붙이셨다. 선생님의 따스한 위로와 조언에 암담했던 마음이 스르륵 풀리면서 우선은 근무해봐야겠다는 마음이 들었다.

그때 선생님을 만나지 못해 나의 짧은 소견과 편견에 빠져 직장을 그만두었으면 어땠을까. 물론 다른 직종에서 지금보다 나은 삶을 살 수도 있겠지만, 나는 현재의 공무원이란 직업에 만족한다. 수학선생님께서 현재의 직장을 계속 다닐 수 있도록 '그 순간 그 버스 안'에서 조언해주시지 않았더라면…. 신의 한 수, 라는 말은 이럴 때 쓰는 게 아닐까.

그렇게 마음을 다잡고 근무를 시작한 지 8개월. 내게 공무원 생활에 대한 동기부여를 준 사건이 터졌다. 서기보시보를 떼고 두 달이 지난 1990년 4월경이었다. 학생들의 채변봉투를 한

국기생충박멸협회 청주지부에 제출해야 하는데, 학교에서 시설관리 및 공문수발 등을 담당하시는 기사님(현, 시설주무관)의 병조퇴로 내가 대신 출장을 가게 된 것이다.

20대 아가씨가 채변봉투를 들고 출장을 가야 하니, 그 난감함이란…. 첫 출장인 만큼, '기왕 하는 거 잘하자.'라고 생각을 돌리니 마음이 한결 가벼워졌다. 나는 채변봉투에서 냄새가 나지 않도록 여러 겹으로 꽁꽁 싸서 종이가방에 고이 담았다.

시내로 가는 버스를 타고 자리에 앉았다. 다행히 낮이라 자리는 많이 비어있었다. 중간쯤 앉은 나는, 채변봉투가 든 종이가방을 다리 위에 얹자니 찝찝한 생각이 들어 의자 밑에 살며시 밀어 넣었다.

버스 안에서 책을 보다가 규칙적인 운행 리듬에 깜빡깜빡 잠이 들었다. 그 사이 중간중간 손님들이 타고 내리길 반복하였고, 야유회를 다녀오는 듯한 한 무리의 아줌마 아저씨들이 우르르 타서 내 주위를 감쌌다. 그들의 시끌벅적한 말소리와 양손 가득한 짐으로 버스 안이 어수선했다. 그들이 내리자 차는 조용해졌다. 나는 다시 책을 읽다가 출장지에 도착해 내릴 채비를 하였다.

그런데 아뿔싸…!! 채변봉투가 든 종이가방이 보이지 않았다. '아! 내 똥 봉투. 이 일을 어쩌나?!' 똥 봉투가 없어진 황당함에 눈앞이 캄캄해지며 머리끝이 솟는 기분이었다. 버스 기사님께 양해를 구하고 내 똥 봉투가 든 종이가방을 찾으려고 버스 안을 샅샅이 뒤지기 시작했다. 그러나 똥 봉투는 어디에도 보이질 않았다. 걱정으로 눈물이 앞을 가렸다. 버스에서 내리며 다리까지 후들거렸다.

얄궂게 떠나는 버스의 뒤 꽁무니를 황망히 바라보던 그때. 공중전화가 눈에 들어왔다. 떨리는 손가락으로 다이얼을 돌렸다. 서무과장님이 전화를 받으셨다. 말문이 떨어지지 않아 더듬어가며 채변봉투를 잃어버렸다고, 최대한 예쁘게 고했다. 서무과장님께서는, "아이고…." 하시면서도 혹시 종이가방을 가져가신 분이 채변봉투에 적혀있는 학교명을 보고 연락이 올 수 있으니까 너무 걱정하지 말고 퇴근하라며 따뜻하게 말씀해 주셨다. 쥐구멍에라도 들어가고 싶을 정도로 부끄러웠는데, 그런 나를 다독여주신 과장님께 정말 감사한 마음이 들었다. 다음날 출근을 하니 모든 교직원 사이에서 똥 봉투 분실사건은 우스운 에피소드가 되어있었다.

나는 우스운 해프닝으로 끝나길 바라며 똥 봉투가 무사히 내 품에 돌아오길 간절히 바랐다. 하지만 안타깝게도 채변봉투를 가져가신 분에게서 연락은 오지 않았다. 본인 물품인 줄 알고 종이가방을 갖고 내렸던 익명의 그분이 가방을 열고 채변봉투를 봤을 때, 얼마나 어이없고 황당했을까 하는 생각이 든다. 며칠 뒤 학생들에게 양해를 구해 채변을 다시 거두었고, 시설 주무관님께서 한국기생충박멸협회에 무사히 아주 잘 제출해 주셨다.

어리바리했던 공무원 신입 시절. 똥 봉투 분실사건이 일어났을 때. 한 번도 어려운 채변을 별다른 민원 없이 두 번이나 해준 순박했던 ○○중학교 학생들에 대한 고마움은 이루 말할 수 없다. 그리고 신참인 내게 핀잔과 꾸지람보다 따스함으로 문제를 해결해 주셨던 서무과장님, 교장 선생님, 선생님들의 고우신 인품을 아직도 잊지 못한다. 그로 인해 33년의 공직생활을 나름 열정적으로 할 수 있었으니 말이다.

어느새 나 또한 나의 첫 발령지 서무과장님처럼 한 손으로 셀 정도로 정년이 머지않았다. 공직 초입 시절 교육 현장에서의 인간미를 경험한 나는, 공직을 수행하면서 '행정가도 교육자'라는 마인드를 가지고 유연한 행정으로 교육적이고 인간미 있게 접근하고자 노력하였다.

지금 와 돌이켜본다. 아찔했던 똥 봉투 분실사건은 철없던 공직 초년생인 내게, 공직에 대한 감사와 열정 따스한 소명감으로 되돌아온 것이다.

권영남

프로필

경력 인천광역시교육청 지방교육행정사무관(29년 재직 중)

근무 제물포고등학교 행정실장

활동 인천광역시교육청 교육행정 정책연구회 부회장 (2023년 ~ 현재)

인천광역시교육청 교육행정 정책연구회 글쓰기 동아리 '글힘' 회원 (2023년 ~ 현재)

인천광역시교육청 관리자 공무원 독서모임 ;여리' 회원

학력 인하대학교 행정학사

인하대학교정책대학원 사회복지학석사

표창 모범공무원표창(훈격 국무총리)

대한민국 신지식인 인증

E-Mail lyraa@naver.com

|작품|

1. 미니멀과 맥시멀 그 사이 어디쯤
2. 그 많던 시금치는 누가 다 먹었을까?
3. 조청에 담긴 추억

'미니멀'과 '맥시멀' 그 사이 어디쯤

나는 캠퍼, 즉 캠핑 애호가다. 내 캠핑철학은 사람과 자연에 대한 매너와 환경을 지키면서 오롯이 자연과 많은 시간을 보내는 것. 캠핑을 시작한 지 4년. 초보 시절 몇 번의 시행착오를 거치기도 했지만, 이젠 나만의 캠핑 스타일을 정립한 '나름' 고수의 향기를 풍기는 '미니멀' 캠퍼다.

그렇다고 노지에서 비박Biwak을 하는 배낭여행자인 백패커도 아니고, 최소한의 장비로 자연에서 직접 잠자리와 먹을거리를 마련하는 오지 생존기술인 부시크래프트Bushcraft 스타일의 캠퍼는 더더욱 아니다. 또한 소위 '감성 캠핑'을 한다면서 야영이 금지된 곳에서 노지 캠핑을 하며 자연을 훼손한다거나 다른 사람들에게 불편과 민폐를 끼치는 차박으로 환경과 사람들에게 해를 끼치는 캠퍼들은 보기만 해도 눈살이 찌푸려진다.

그리하여 나는 필요한 최소한의 장비만을 자동차에 싣고 캠핑장에 도착해 지정 구역에 장비를 펼치는 오토캠퍼다. 이는 허가된 장소에서 안전하게 캠핑을 즐길 수 있고, 다른 사람들을 배려하고 환경도 지키는 캠핑 스타일이다.

오토캠퍼인 내게, 캠퍼들이 인생 캠핑장으로 손꼽는 삼척 장호○○ 캠핑장은 버킷리스트 중 한 곳이었다. 손이 빛보다 빨라야 예약 가능한 곳. 낮부터 일반 예약이 시작되지만, 근무하느라 일찌감치 포기하고, 밤마다 예약 취소된 자리를 줍기 위해 새로고침을 누른 지 몇 주 만에 어렵사리 예약에 성공했다.

지중해 에메랄드빛 바다색을 닮아 한국의 나폴리로 불리는 장호○○ 캠핑장. 바다 전망으로 유명해 캠퍼들 사이 로망의 명소다. 바닷속 바닥까지 훤히 보이는 맑은 물에서 스노클링을 하며 물고기 구경을 하거나 투명 카약을 타는 체험도 할 수 있으니.

기대에 부푼 기다림의 시간이 지나고, 드디어 2023년 6월 어느 주말. 친구와 함께 go go씽! 캠핑 장의 예약과 준비는 내가 했기에, 친구는 차량을 제공, 운전도 전담하기로 했다. 그런데 출발일 아침. 설렘과 들뜬 기분으로 향한 친구네 집에서 친구의 SUV 차에 두 사람의 짐을 함께 싣기 시작하며 고난이 시작됐다.

차곡차곡 잘 쌓은 듯했지만 짐이 다 들어가지 않았다. 마치 테트리스 게임 하듯이 요리조리 트렁크와 뒷자리까지 다시 쌓아봐도 트렁크 문이 닫히지를 않는다. 아! 이런 낭패가…. 오래간만에 함께 하는 친구에게 이것저것 해주고 싶은 욕심에 준비물이 넘쳐서 '미니멀'이 아니라 '맥시멀'이 돼버린 것이다.

친구와 머리를 맞대고 어떻게 할까 궁리한 끝에, 결국 과하거나 중복된 장비들과 당장은 필요 없는 몇 가지 물건을, 두고 갈 내 차에 옮겨 두었다. 그래도 짐이 많아 자꾸만 입을 벌리려는 트렁크를 몇 차례의 시도 만에야 겨우 닫을 수 있었다. 드디어 출발!

아침의 당황스러움을 날려주듯 수도권의 고속도로변엔 남보라색 수레국화와 하얀 개망초, 노란 금계국이 흐드러지게 피어서 우리에게 아름다움을 선사한다. 꽃들이 서로 경쟁하듯 뽐내며, 과연 내년엔 누가 더 세력을 확장하여 더 넓은 영역을 차지할까? 자못 궁금해지는 풍경. 하얀 꽃이 핀 드넓은 감자밭과

진초록의 양파밭이 뒤섞인 영동고속도로 변 풍경을 지나 푸른 바다를 지척에 두고 바람을 가르며 동해고속도로를 달린다.

세 시간 만에 도착한 장호해변의 아름다운 비취색 물빛에 홀딱 반해버린다. 경치에 마냥 취할 수 없으니, 프로답게 머릿속으로 정한 순서대로 사이트 구축은 기본! 텐트를 설치하고 팩을 박아 고정하기 위해 망치를 휘둘러 뚝딱! 마블 영화 속 토르가 된 내 모습을 상상하며 피식 웃기도 한다.

짐 정리 끝. 캠핑 의자에 앉아 쪽빛 바다와 파도 소리를 즐기는 맥주 한 캔은, 도시의 모든 스트레스를 단박에 날려준다. 가슴속까지 뻥 뚫리는 상쾌함이란…!!

순간. 늘어놓은 짐들에 힐끗 눈길이 가며, 스스로 미니멀 캠퍼라고 자부했는데, 아직은 미니멀과 맥시멀 그 사이 '어디에 있는 건 아닐까?'라는 생각이 불현듯 머리를 스친다.

인간의 욕심은 끝이 없는 걸까? 함께 하는 사람들이 즐겁다면, "미니멀이든 맥시멀이든 '뭣이 중헌디?'"라는 생각도 잠시. 과한 짐을 싣고 달리는 자동차의 탄소 발생까지 고려하면 분명 옳지 못한 판단이었다.

캠핑에서 가장 중요한 게 단순함과 결핍으로 인한 자유를 즐기는 것인데 말이다. 같은 실수를 반복하지 않기 위해 메모장에 필수 준비물 리스트를 다시 정리해본다. 나의 욕심을 버리려면.

언젠가 스위스나 캐나다, 뉴질랜드 등 광활한 대자연의 아름다움을 온몸으로 만끽할 수 있는, 해외 유명 캠핑 장으로 떠나는 여행을 꿈꿔 본다. 그때는 미니멀 캠퍼인 나의 가치관을 지키길 다짐해 본다.

그 많던 시금치는 누가 다 먹었을까?

그 많던 시금치를 누가 다 먹었다니? 이 무슨 뚱딴지같은 소리인가? 오늘 아침 밥상 반찬에도, 점심때 먹은 김밥 속에도 들어가 있던 시금치를 누가 다 먹었다니? 지금은 고인이 되신 박완서 작가님의 자전적 성장소설, 『그 많던 싱아는 누가 다 먹었을까?』에서 빌려본 말이다.

박완서 작가님은, 어린 시절 고향인 개성 근처 들에서는 그 많던 '싱아'가 실향민, 이방인으로 살아가던 서울에서는 보이지 않는다고 했다. 대신 비릿하고 들쩍지근한 맛이 나는 아카시아꽃(아까시나무)만 많았다고 하며 "그 많던 싱아는 누가 다 먹었을까?"라고 쓰셨다.

박완서 님은 2002년 다시 쓴 책머리에 "요즘도 싱아가 어떻게 생겼는지 알고 싶다는 독자 편지를 받으면, 내 입안 가득 싱아의 맛이 떠오른다. 그 기억의 맛은 언제나 젊고 싱싱하다."라고 했다.

20년 전 즈음. 나도 박완서 작가님의 책을 읽고 '싱아'가 궁금해 찾아보았다. 내가 어린 시절 살던 시골에서는 맛이 시금하다 해서 '시금치'로 불렸던 '산시금치(수영의 방언)'라는 걸 알게 됐다. 싱아와 사촌 격이라 잘 구별되지 않는 승아와 함께 싱애, 승애, 수엉, 시엉, 시금초, 산시금치 등 지역마다 부르는 이름도 다양했다.

내 기억 속의 '시금치'는 봄날 연두색의 싱싱하고 부드러운 어린줄기를 꺾어 껍질을 벗기고 입에 넣으면, 처음엔 새콤하다가 씹을수록 달콤한 맛이 나서 새콤달콤한 맛을 좋아하던 어린 시절엔 과자나 사탕보다 좋아했던 건강한 간식이었다.

책을 읽고 난 후. 관심 있게 지켜봤지만 진짜 그 많던 '시금치'가 어느 순간 다 사라졌는지 보이지 않았다. 도대체 그 많던 '시금치'는 누가 다 먹었을까? 너무도 궁금한 나머지 여러 자료를 찾아보았다. 그 결과, '산시금치'(싱아)는 옛날에는 길가나 논

두렁 가에서 흔하게 자라던 식물이었지만, 공해에 취약해 지금은 찾아보기 어려워졌다고 한다. 아쉽게도 깊은 산골에서나 찾아볼 수 있는 희귀한 식물이 된 것. 지금은 개망초와 서양민들레, 금계국 등 외래종 식물들이 그 자리를 대신하고 있었다.

지난봄이었다. 나는 금계국 때문에 고민에 빠졌다. 현재 내가 행정업무를 담당하며 근무 중인 학교는, 응봉산, 자유공원과 연결되어 숲까지 갖춘 교정이 있다. 자연과 어우러진 교정이라 조경 관리에 손이 많이 가야 한다. 손이 덜 가는 종으로 교체할 게 필요했다. 아름답게 교정을 가꿔줄 꽃씨를 뿌리기 위해 고민하던 중, 척박한 땅 어디서나 잘 자라는 예쁜 꽃을 알게 됐다. 궁금해 찾아보니 금계국이나 큰금계국이었다.

'큰금계국'은 생태계 교란 우려가 있지만, '금계국'은 한 두해살이라 큰 문제가 없다고 했다. 나는 '금계국' 꽃씨를 사서 학교 안 곳곳의 화단과 학교 숲 경사면에 뿌렸다. 꽃씨를 뿌리고 얼마 후, 화훼농가나 씨앗 유통업체에서 금계국과 큰금계국을 혼용해서 사용한다는 사실을 알게 됐다. 내가 금계국으로 알고 뿌린 씨앗이 '큰금계국' 일수도 있다는 생각이 들자, 슬슬 걱정되기 시작했다.

큰금계국은 고유식물의 살 자리를 빼앗는 결과를 낳을 수 있다. 그래서 생태교란종으로 지정해야 하는지에 대한 논란이 계속되고 있다고 한다. 그러나 향이 좋고 꿀이 많아 곤충들을 끌어들이는 대표적인 밀원蜜源식물로 인기가 높다고 보는 이들도 있다. 숲속이나 해가 잘 들지 않는 곳에서는 잘 번식하지 않기에 우리 생태계를 크게 교란을 시키기에 일정한 한계가 있다는 것이다. _정충신의 꽃.나무 카페. 문화일보_ 큰금계국이 생태계를 얼마나 교란하는지, 그것에 대해 면밀한 조사가 필요한 것이다.

이런 과정을 겪으며 교정에 심는 꽃을 그저 예쁘고 손만 덜 가면 된다는 안일했던 나 자신을 반성하게 되었다. 학교의 교육적 환경을 조성하는 한 사람인 것을 넘어 이 땅에 사는 1인으로서도 말이다.

학생들에게도 생태환경교육이 필요한 건 물론이다. 나 또한 생태 다양성을 유지하고 보호할 수 있는 학교 조경에 좀 더 세심한 주의가 필요함을 깨달았다. 앞으로 교육환경 조성에도 생태환경과 지속가능성에 대한 좀 더 깊은 고민을 해야겠다.

그 많던 싱아. 우린 왜 고유식물을 지키지 못했나? 아무리 공해에 취약한 부분이 있다손 치더라도 말이다. 그 점은, 나는 물론이고 모두가 다 함께 깊이 들여다볼 문제인 듯하다. 우리 땅에 살아갈 다음 세대를 위해서도 말이다. 금계국이니 큰금계국이니 이름만 들어도 혼동되는 외래종 식물로 고민하며 든 생각이다.

조청에 담긴 추억

"아이고, 아이고 이를 어째…. 이게 어떤 조청인데……."

1980년대 초 강원도 두메산골. 겨울 아침 추위가 무색하게 쩔쩔 끓는 아궁이와 가마솥. 그 앞에 선 엄마의 한숨과 탄식이 담긴 외침이 부엌에 울려 퍼지는 순간이었다. 당시 국민학생(현, 초등학생)이었음에도 나는 무언가 잘못됐다는 걸 본능적으로 직감했다. 나보다 더 놀라 떨고 있는 사촌 여동생의 손을 잡아채어 잽싸게 부엌 문밖으로 달음질쳤다. 엄마의 명절 준비 중 하나인, 조청이 날아가는 순간이었다.

대가족의 실질적인 맏며느리였던 엄마의 명절 준비는, 실로 철저한 계획에 따른 지난한 과정이었다. 그 시절 대가족의 명절 먹거리는 우리 가족만 먹을 양이 아니었기 때문이다. 겨울방학을 하면 으레 큰집인 우리 집으로 놀러 오던 사촌들은 물론, 본가, 외가, 그 외 친인척들까지. 한 가족처럼 세배와 덕담을 나누고 명절을 치르던 동네 어르신들에, 오빠와 언니 친구들까지도 합류했으니….

엄마는 이른 봄부터 고사리와 취나물, 곰취, 머위, 잔대 등 산과 들에서 나오는 온갖 나물들을 뜯어서 삶고 말려 묵나물을 만들고, 여러 가지 채소와 해산물로 튀각과 주전부리들을 만들어 광의 시렁에 차곡차곡 쌓아두셨다. 부모님이 땀 흘려 기른 곡식들도 광의 크고 작은 독 안에 쌓여갔다.

겨울 아침 김장독을 열면 자르르 윤기가 흐르던 수백 포기의 배추김치와 깍두기, 총각김치, 갓김치 등 김장김치와 각종 장아찌는 크기가 제각각인 독에서 맛있게 익어갔다. 무, 배추, 양배추, 더덕, 도라지 등 채소들은 한겨울에도 얼지 않게 집 뒤 토굴 안 땅에 묻혀있었다.

그 고단한 명절 준비 중 하나가 조청 고아야 하는 일이셨던 엄마. 설 명절 달포 전부터 엄마는 조청을 만들기 위한 준비를 시작하셨다. 조청은 한과와 엿을 만들기 위한 주재료다. 떡에도 찍어 먹고 그냥 먹어도 맛있는 조청은 다음 해 겨울 다시 조청을 만들 때까지 광의 깊숙한 안쪽에 날렵한 난초 문양이 있는 반짝이는 작은 단지 속에서 그 달콤함으로 나와 내 동생을 도둑고양이처럼 광으로 숨어들게 한 그 시절 우리의 간식이기도 했다.

엄마의 명절 준비에 화룡점정 같은 과정이었던 조청 만들기는 끓이는 과정이 가장 중요하다. 넘치거나 타기 일쑤라 불 조절을 잘해서 아주 약한 불로 고아야 한다.

그 중요한 조청을 고는 날 이른 아침. 엄마의 부름에 쏟아지는 잠을 채 떨치지 못하고 부엌으로 불려 나간 나와 사촌 여동생은 그만, "불 안 꺼지게 그냥 잘 보고만 있어."라는 엄마의 말을 귓등으로 흘리고 사그라들던 아궁이 숯불 위에 장작을 밀어 넣고 만 것이었으니….

새벽부터 조청을 고느라 지쳤던 엄마가 쪽잠을 주무시고 나왔을 때. 우린 활활 타는 장작을 보며 아궁이 앞에 앉아 수다를 떨고 있었다. 달콤하지만 뭔가 불쾌한 탄내가 나기 시작했다는 걸 우린 알아채지 못했고, 엄마의 경악에 찬 탄식에 놀라 삼십육계 줄행랑을 쳐버린 것이다.

우린 엄마의 불호령이 무서워 부엌에서 제일 먼 윗방의 이불장 안으로 숨어들었다. 온 가족이 아침을 먹고 밥상이 다시 부엌으로 나갈 때까지 엄마의 탄식은 계속되었다. 이불장 안에 숨은 우리는 배고픔과 두려움에 떨다가 어느새 잠이 들어버렸다.

점심 즈음. 아침밥도 못 먹고 도망간 우리를 찾던 가족들은 도망자들 주제에 이불장 안에서 태연히 잠들어 있던 우리를 발견하고 너털웃음을 지었다.

그해 겨울. 엄마는 다시 조청을 고지는 않으셨다. 이유는 모르겠다. 그 사건을 계기로 명절 준비 중, 너무도 고된 일을 하나쯤 덜어도 된다 생각하셨겠지…. 짐작할 뿐이다. 모두가 돕고 나누던 그리운 시절의 추억이다.

우리가 원하는 모든 물건을 파는 대형마트나 백화점. 돈만 있으면 얼마든지 그곳에서 척척 살 수 있는 조청. 그러나 그 시절 추억은 없다. 편리함과 즉각 소유로 길이 들여진 지금 우리의 모습이다.

그 시절, 즐거움과 기대감으로 가득 찬 명절 준비와 조청 만들기에 대한 추억은 그래서 더 소중하게 다가오는 건 아닐까.

김승태

프로필

경력 인천광역시교육청 지방교육행정사무관(29년 재직중)

근무 동인천고등학교 행정실장 근무

학력 아주대 환경공학 학사

표창 모범공무원표창(훈격 국무총리)

활동 2009년~2011년 3년 340권 읽기 달성
2011년~2019년 인천광역시교육청 글산책 독서모임 운영
2011년~2020년 다음까페 인천독서모임 운영
인천광역시교육청 교육행정 정책연구회 글쓰기 동아리 '글힘'(2023~현재)
네이버 블로그<오래된 꿈꾸는 책방>운영 https://blog.naver.com/st123
유튜브<지혜 명언 채널> 명언 채널 운영
www.youtube.com/@wisedomlife2
유튜브<MOTIVE ASMR 채널> 자기계발 채널 운영
www.youtube.com/@motiveasmr6510

E-Mail st123@naver.com

|작품|

1. 딸아, 이런 남자면 OK!
2. 행운을 부르는 꽃
3. 별처럼 아름다운 사랑이여!

딸아, 이런 남자면 OK!

날씨가 점점 더위를 향해 달려가고 있구나. 올망졸망 나뭇잎에 붙어 환하게 웃음 짓는 아카시아까지 만개하며 우리에게 진한 향기를 선물하는 듯하구나.

우리 딸과 깊은 대화를 해 본 게 언제인가 싶어 기억을 더듬어 보는 요즘이란다. 딸이 집에 오면 방에 들어가 공부한다고, 친구와 통화한다고, 등의 이유를 대서, 진지한 대화를 할 짬을 도무지 찾기가 힘들구나. 가끔 말을 걸어도, "저 바빠요, 아빠." 하며 도망치듯 사라지고. 아빠는 저녁 시간에 책 읽으랴, 운동하랴, 모임에 나가랴, 우리 딸과 대화할 시간을 내기가 좀처럼 쉽지 않구나.

이젠 성인이 된 우리 딸을 보면, 어떤 짝을 만나면 좋을까….

아빠의 마음속으로 그려 보며 이 편지를 쓴단다. 딸아, 다섯 가지를 갖춘 남자라면 아빠는 무조건 오케이다.

아빠가 바라는 우리 딸 짝 얘기에 앞서, 너의 고민 먼저 얘기해 볼까 한다. 얼마 전 네가 취업한다고 자기소개서 작성하고 취직해야 하는지 대학원을 계속 다녀야 할지 고민하기에 조언해주긴 했지만, 그래도 더 많은 말을 해주지 못한 게 못내 아쉬워서 말이지….

아빠도 너처럼 20대에 고민이 많았단다. 당장 생계를 위해 직장을 잡는 것이 그때의 가장 큰 고민 중 하나였지. 매일 도시락을 들고 도서관과 학원을 오가며, 확실한 미래를 잡기 위해서는 공부밖에 없단 생각을 했단다. 물론 너도 지금은 불안하겠지만, "걱정하지 말아라."이 말을 해주고 싶다. 앞이 잘 보이지 않아도 "잘하고 있다."라고 격려도 해주고 싶구나.

아빠가 이제 정년이 코 앞이다 보니 우리 딸 결혼에 대한 걱정도 생기더구나. 나는 네가 이런 사람을 만나 꼭 결혼했으면 하고 바라는 남자의 상이 있단다. 물론 혼자 살 수도 있지. 그러나 아빠의 경험으로는, 세상을 혼자 산다는 건 너무 버겁고 외로운 길임을 너무도 잘 알기에 기우가 앞선다.

가끔 생각해 보았어. 몸이라도 아프면 과연 내 곁을 지킬 사람이 있는가? 나의 답은 가족이었어. 가족은 서로의 아픔을 보듬고, 힘든 일이 생기면 짐을 나누어진단다. 그래서 아빠는 네가 좋은 남자를 만나 서로 의지하며 알콩달콩 사는 모습을 보고 싶구나.

그럼 어떤 남자가 좋을까? 첫째로 아빠는 말을 조심하는 사람을 만났으면 좋겠다. 우리 속담에 말 한마디에 천 냥 빚도 갚을 수 있다고 했으니, 말을 잘 가려서 하는 사람을 만나면 좋겠다. 말은 그 사람의 생각과 감정을 담는다고 했지. "나는 잘될 사람이야." "꼭 될 거야" 이처럼 긍정적인 말을 하는 사람이 좋겠다. 일이 안 될 때, "아이 나는 재수가 없네"

"그거 어차피 안 돼요." 이런 부정적인 말을 달고 사는 남자와 사귀는 여자에게 상스러운 말까지 하면 무조건 걸러야 한다고 조언하고 싶구나.

두 번째로, 아빠가 생각하는 괜찮은 남자는 상대방을 배려할 줄 아는 남자다. 너에 대한 배려는 당연히 해야 하고, 주변 사람에게도 배려할 줄 알아야 한단다. 배려는 사소한 예의도 지킬 줄 아는 것이다. 자기만 편해지려고 아무 데나 주차하는 남자,

공공장소에서 핸드폰 받으며 큰 소리로 떠드는 남자, 카페나 엘리베이터에 들어가고 나갈 때 문을 잘 잡아주는지 등 일상의 사소한 것도 잘 살펴서 배려심 있는 남자를 골라야 한다.

세 번째, 자신의 목표가 뚜렷한 사람이어야 한다. 사람의 '행복'에는 삶의 목표가 있어야 그 가치를 더하더구나. 아빠가 처음 직장을 잡아 돈을 번 목적은, 지인이 찾아왔을 때 밥 한 끼 편하게 사줄 정도의 경제력이 있어야 한다고 생각했기 때문이란다. 그렇다고 돈이 '목적'이 되어 남에게 피해를 주는 사람이면 안 되겠지! 남자가 돈의 많고 적음을 떠나, 미래에 대한 뚜렷한 목표를 갖고 희망을 품고 있어야 한다. 우리 딸의 안목을 믿어보고 싶구나.

네 번째, 남과 자신을 비교하며, 자신의 행복과 불행을 결정짓지 않는 남자면 좋겠다. 자신의 재산, 학벌, 명성 등을 남과 비교하며 불평을 늘어놓는 사람들이 종종 있지. 아빠 눈에는 그리 행복해 보이지 않더구나. 자신과 남을 비교하는 삶이 행복할까? 자신만의 인생 정원을 살뜰히 가꾸는 삶이 행복할까? 우리 딸이 생각해 보길 바란다.

마지막으로, 극복 방식이 긍정적인 남자를 만났으면 좋겠다. 어떤 것에 대해 불만과 결핍을 느끼더라도, 적극적인 계획을 세워 어떤 방식으로 극복할 것인지를 생각하는 사람이면 좋겠다. 돈이 없다면 자신의 가치를 높여 재산을 모으고. 실행에 옮기는 사람이 행복을 만들 수 있는 사람이 아닐까. 살다가 불행에 직면하게 될 때도, "우리는 이겨 낼 거야." "신은 인간에게 극복 가능한 불행만 주신댔어." 이렇게 그 어떤 불행 앞에서도 긍정적으로 극복하려는 노력이 엿보이는 사람 말이다. 이런 남자라면 이 아빠는 더는 바랄 게 없겠구나. 이런 사윗감은 생각만으로도 미소가 번지는구나.

아빠의 바람이 너무 큰가? 뭐 고작 다섯 가지인데. 하지만 네가 아빠가 말한 사람을 찾으려고 한다면 꼭 찾을 수 있을 것이다.

딸아, 누구든 인생을 행복하게 살려면 말을 조심하고, 상대방을 배려하고, 목표가 있어야 하며, 남과 비교하지 않고 긍정적인 사람이어야 한다. 앞으로 세상을 살면서 여러 가지 일들이 계속 생길 것이다. 그래도 실망하지 말고 천천히 앞으로, 앞으로 나아가도록 노력해보자.

우리 딸 남편감에 대해 조언하며, 아빠는 엄마에게 이런 다섯 가지를 갖춘 남편감이었는지 돌아보게 되네…. 네 엄마에게 오늘 한번 물어봐야겠다. 아빠의 긴 수다는 여기서 줄이겠다.

사랑하는 딸아, 안녕.

행운을 부르는 꽃

"아빠, 이 꽃 정말 예뻐요." 아이들이 베란다에 핀 꽃을 보고 말한다. 그 꽃은 정말 아름답다. 마치 하늘의 분홍별이 살포시 나무에 내려앉은 것 같다. 나도 이 꽃이 핀 것을 실제로 본 것이 처음이다. 그게 뭐냐고? 바로 호야꽃이다.

나에게는 호야꽃은 희망의 상징이다. 호야꽃은 별의 희망과 축복을 내려 주는 것으로 나는 믿고 있다.

호야라는 식물은 넝쿨성 식물로 줄기가 뻗어나가서 자라는데, 웬만해서는 잘 죽지 않고 무던하게 자란다. 단일 식물로 키우기도 하지만, 다른 식물과 같이 심어져 약방의 감초처럼 여러 식물과 어울려 모둠으로 심어진 상태로 키우기도 한다. 호야는

박주가릿과 상록 덩굴나무로 잎은 마주 붙어 나오고 다육질로 광택이 난다. 관엽 식물로 재배하고 열대지방이 원산지다.

5월이면 연분홍색 꽃이 긴 꽃줄기 끝에 핀다. 호야꽃은 별처럼 꽃이 피는데, 화사한 생김새와 달리 꽃말은 그리운 사랑, 고독한 사랑, 아름다운 사랑이다. 호야꽃의 꽃말이 어떠하던 나는 호야꽃을 행운이나 축복, 희망의 상징으로 생각한다. 더 정확히 말해 믿는다.

호야라는 식물이 우리 집식구로 들어와 자라게 된 것은, 아내가 근무하던 학교 교장 선생님께서 주셨기 때문이다. 호야는 그렇게 움푹한 접시 모양의 유리 소반에 담겨 우리 집으로 왔다.

베란다에서 키우고 있었는데 딸들이 놀다가 그만 소반을 깨뜨렸다. 다친 아이가 없어 다행이었지만, 아이들은 아내에게 호되게 혼났다. 아내가 화가 난 김에 호야를 버리려고 하였으나, 이것도 살아있는 생물이니 죽이지 말고 키우자고 해서 다른 화분에 옮겨 심고 계속 키우고 있다.

이사를 하면서 호야는 또 한 번 버려질 처지에 놓였었다. 많던 식물들은 거의 지인들에게 나누어 주고 딱 3개의 식물을 이삿짐으로 챙겨오게 되었다. 그중에 호야가 버려질 처지를 감내하고 버티고 있었다.

그렇게 새집으로 이사 온 후 계속 키우고 있다. 그러다 우연히 호야가 꽃을 피운다는 사실을 알게 되었다. 이사 온 지 얼마 후, 호야가 꽃을 피운 것이다. 호야꽃은 분홍색으로 마치 공에다 별 모양의 꽃을 꽂아 놓은 것처럼 자태를 뽐낸다. 꽃이 피었을 때 우리 가족은 너무 예쁘다고 다들 감탄했다. 며칠 동안 다들 신기해하며 쳐다보고 사진도 찍어 지인들께 자랑까지 했다.

무렵 아내가 셋째를 임신하게 되었다. 셋째는 우리 부부에게 12년 만에 찾아온 축복이었다. 나는 가족들에게 "호야가 꽃은 잘 안 피지만 꽃이 피는 해에는 행운을 주는 것 같아."라는 말을 했고, 가족들 역시 동감하는 눈치였다.

그다음 해. 호야 꽃봉오리는 감감무소식이었다. 당시 나는 승진 시험공부 중이었는데, 빈 꽃봉오리를 보며 무심코 지나쳤다. 그해 시험은 낙방이었다. 그런데 다음 해, 호야 꽃봉오리가 소식을 주었다. 그것도 아주 활짝. 낙방했던 승진 시험을 다시 보았는데, 결과를 기다리던 중에 문득, '호야꽃이 피면 행운이 오는 게 아닐까?'라는 생각을 했다. 시험 중 한 문제가 계속 마음에 걸렸던 터라, 승진 당락은 떨어질 걸로 예상되는 상황이었다. 결과 발표 당일. 두근두근 졸이는 마음으로 마침내 결과 발표를 기다렸다.

합격이었다. 우리 가족은 축하 파티를 하기 위해 식탁에 모여 케이크를 자르며, 호야꽃 이야기를 했다. 가족들은 모두 "아빠 말처럼 정말 호야꽃이 행운을 불러오나 봐요."라며 즐거운 마음으로 식사했다.

그런 이유였을까. 나는 물론이고 우리 가족 모두는 호야꽃이 행운의 상징이라고 믿게 되었다. 별에 소원을 비는 것처럼 우리는 별 모양의 호야꽃에서 우리 가족이 평안하기를 마음속으로 빌고 있다. 얼마 후, 호야꽃이 한 번 정도 피었고, 현재 5년 정도 호야꽃은 소식이 없다. 나와 우리 가족은 베란다의 호야꽃이 다시 활짝 피기를 기다린다. 그래야 우리 집에 행운이 올 테니까.

그렇게 호야꽃이 피기를 기다리던 중. 호야는 2년에서 3년간 자란 후, 꽃이 핀단 사실을 얼마 전에서야 알았다. 꽃을 보려면 '인내심'이 필요하다는 얘기다.

우리는 인생을 살아가며 자신이 한 일에 대한 보상이나 보답이 즉시 돌아오기를 바란다. 그러나 결과에 대한 보상이 일찍 오지는 않는 것 같다. 무슨 일에든 항상 임계점이란 것이 존재하기 때문은 아닐까. 어떤 일을 할 때 자신의 노력이 어느 한계까지 계속돼야지만 좋은 결과가 나타나는 것처럼 말이다.

호야꽃을 보려면 인내가 필요하듯, 노력한 보상을 받으려면 기다려야 하는 건 아닐까. 호야꽃이 피는 걸 보기 위해 2~3년 이상을 기다리는 것처럼 말이다.

호야꽃이 행운을 부른다는 것은 나만의 믿음일 수도 있다. 다른 사람들은 이런 내 생각을 미신이라고 생각할 수도 있다. 그러나 미신이면 어떤가? 절망 속에서도 희망을 품을 수 있다면 그것도 좋다. 어찌 인생이 계산기처럼 딱딱 들어맞기만 하던가.

지금 우리 가족은 어깨가 조금 처져 있다. 아내가 항암치료를 하고 있기 때문이다. 힘든 엄마를 보며, 힘든 아내를 보며 우울한 상태다. 그럼에도 불구하고 우리 가족은 다들 각자의 자리에서 꿋꿋이 잘 버티고 있다. 아니, 버텨내고 있다. 그게 삶이라 믿으니까.

우리 가족 모두는 올해 호야꽃이 피기를 간절히 희망한다. 소망한다. 행운을 줄 테니까. 아내에게 예전의 건강을 되찾아 줄 테니까……!!

호야 꽃봉오리를 향해 두 손 모아본다. “호야야, 올해 꼭 꽃을 피워주렴!”

별처럼 아름다운 사랑이여!

"자기야, 오늘은 하늘에 별들이 엄청나게 많은 것 같아. 은하수가 쏟아지겠어."

"별 하나만 따다 줄래?" 여자가 애교 섞인 목소리로 말한다. "정말 별이 많네. 자기가 따달라고 하면 따다 줘야지 하나가 아니라 100개라도 따다 줄게."하고 꿀 떨어지는 목소리로 남자가 대답한다. "자기야! 고마워"라는 말로 남녀는 행복한 표정으로 와락 껴안는다. 이건 영화나 드라마에서 가끔은 나오는 장면.

현실에서는 어떤가? 연애 시절 여자가 물어보면 남자의 대답은 위와 비슷하다. 하지만, 결혼 1년 차부터는 슬슬 달라지기 시작한다. 남자는 "별은 따줄 수 없지만, 뭐 필요한 것 있어? 내가 해줄게."라고 말한다.

결혼 10년 차면. "별을 따달라고? 당신이 무슨 소녀인 줄 아세요? 정신 차리세요."라는 약간의 핀잔 정도로 끝난다. 결혼 20년 차 이상이 되면 "당신 어디 아파요? 몸이 정말 아파서 소원을 말하는 것처럼 듣는다. 아니면 정신이 이상한 사람 취급한다. 또는 당신 미쳤어? 사지가 멀쩡해서, 이 아줌마 헛소리하고 그래!"

이쯤 되면 부부는 서로를 노려보며 토라져 버리거나 심지어 "말만이라도 그렇게 해준다고 하면 어디 덧나나. 도무지 이런 남자 뭘 믿고 내가 결혼했지."라며 언성을 높이며 싸우기까지. 24년 차인 나의 결혼 생활도 이와 같은 과정을 겪었다.

아내와 처음 만나게 된 것은 지인의 소개였다. 1997년 처음 레스토랑에서 만나게 되었다. 뭐라고 딱 꼬집어 설명할 순 없지만, 아내와 나는 첫 만남부터 서로 통했다. 내향적이었던 나. 조금은 외향적인 아내. 둘의 성격이 조화를 이뤘다. 만남을 거듭할수록 내가 어떤 말을 하든지 호응하며 잘 웃어주던 아내가 무척이나 마음에 들었다.

2년의 연애 동안. 하루가 멀다 생각으로 만나며, 취미 직업 삶의 방식 등에 관한 생각들을 공유했다. 우린 꿈 같은 연애를 하며 1999년 5월, 드디어 결혼에 골인하게 되었다.

그렇게 우리 부부는 행복한 결혼 생활을 시작했지만, 현실과 이상은 달라도 너무 달랐다. 우리에게 현실은 참으로 가혹했다. 어엿한 직장이 있기에 생활고와는 거리가 있었지만, 남의 집살이를 면하고자 내 집 마련의 꿈을 이루기 위해 돈을 모아야 했으니….

당시 나는 공제액을 빼고 50만 원 정도의 월급을 받았고, 아내는 신입 공무원으로 36만 원의 월급을 받았다. 10년 안에 우리 집 장만을 목표로 세우고 허리띠를 졸라매고 저축에 매진했다. 내 월급 50만 원을 무조건 저축하고 아내의 월급, 36만 원은 생활비로 충당하기로 했다. 그 결과. 2년 동안 우리는 1천400만 원 정도를 모았다.

이때가 경제적으로 가장 힘든 시기였다. 나는 한 끼에 4~5천 원 하는 밥값을 아끼려고 도시락을 싸갔고, 어떤 날은 살을 뺀다는 핑계를 대며 우유와 빵 하나로 끼니를 때웠다.

사람은 주머니에 돈이 없으면, 어깨에 힘이 빠진다고들 애기한다. 당연한 애기다. 나도 그랬으니. 아내는 내게 기죽지 말라며 꼭 내 지갑에 5만 원 이상의 돈을 넣어 주었다.

하루는 아내가 봉급날 저녁에 와서 이런 말을 했다. "어제 급여 통장을 보니, 돈이 딱 만원밖에 없었어요. 한숨이 나왔지만, 우리가 곧 돈을 모아 집을 장만한다고 생각하니 희망이 솟았어요."라고 말이다. 그런 아내가 참 고마웠다. 나와 결혼해, 박봉에도 불평불만 없이 알뜰히 생활하고, 집안일에 무심한 남편이 원망스러웠을 텐데도 단 한 번의 투정도 없이, 늘 긍정적이다니…. 결혼 잘했다는 생각이 절로 났다.

나중에 안 사실이지만 아내는 3년 동안 옷 한 벌 사지 않았다고 한다. 내겐 매달 용돈으로 거금 20만 원을 챙겨주던 아내. 남편의 어깨가 처지지 않기를 바랐던 그 마음. 그때 그런 아내의 마음을 생각하면 지금도 가슴이 먹먹해진다.

우리 부부가 꾸준히 저축한 결과. 2008년 드디어 10년 만에 꿈에 그리던 우리의 집을 갖게 되었다. 그때는 정말 세상 모든 것을 가진 것처럼 기뻤다. 이사하던 날부터 며칠 동안은 마음이 들떠 잠을 잘 이루지도 못했다.

집을 산 뒤 우리는 마음의 여유를 갖고 적당한 소비를 하게 되었다. 아내가 평소에 좋아하는 프리지어를 결혼 초에는 꽃다발로 선물하였으나, 10년의 세월이 흐른 후 나는 꽃을 선물할 때 꽃다발이 아닌 화분으로 주었다. 젊은 날의 로맨스는 사라지고 우리의 생각이 참으로 현실적으로 바뀌었다는 증거다.

결혼하고 10년 동안. 우리는 딸 둘을 낳고, 우리 부부만의 사랑은, 아이들에게로 넘어갔다. 삶의 많은 부분이 아이들의 양육과 교육으로 바뀌었다. 그렇게 우리의 사랑은 점점 식어가는 것처럼 느껴졌다.

우리 부부는 서로에 대해 잘 안다. 우리는 많은 사람 가운데 만나서 같은 별을 보며 살아왔다. 우리의 희망의 별은 집이었고, 아이들이었다. 지금의 우리는 친구로서의 사랑으로 살고 있다. 서로를 격려하고 진심으로 세상을 같이 가는 동반자로서 말이다.

가끔 손이라도 잡으려면 아내는, "가족끼리 왜 이래?!"라며 정색한다." 그런 아내의 말에 나는 겸연쩍어진다.

부부간의 사랑은 열정적인 남녀 간의 사랑으로 시작된다. 그 열정은 길어야 3년 정도면 식어버린다. 아이를 낳고 기르며 부부의 사랑은 자식에게로 옮겨간다. 이때가 되면서 우리는 부모로서 해야 할 역할에 대해 느끼게 된다. 자식을 낳아보았으니, 우리 부모님에 대해 조금씩 이해하기 시작한다.

결혼 생활 20년이 훌쩍 지나면 자식에게 쏟았던 사랑은 부부에게 다시 돌아온다. 돌고 돌아 마주한 부부는, 인생이란 무대에서 생사고락을 함께 겪었기에 진한 전우애를 느낀다.

흔히들 사람은 사랑으로 사는 존재라고 한다. 우리의 삶 속에 사랑은 변해가지만, 부부는 하나의 목표를 함께 바라보며 동반자로서의 의리를 지키며 살아야 한다. 그것이 같은 시대를 살아온 사람으로서 최소한의 도리이며, 세상을 사는 이치일 것이다.

젊은 날의 별과 같은 사랑도 아름답지만, 인생의 역경을 함께 겪어낸 사랑은 더더욱 아름답고 숭고하다. 이제 그 사랑의 의미를 생각하며 가만히 되뇌어 본다.

"별처럼 아름다운 사랑이여!"
"꿈처럼 행복했던 순간이여……."

배신일

프로필

경력 인천광역시교육청 지방교육행정사무관(29년 재직 중)

근무 서운고등학교 행정실장 근무

활동 인천광역시교육청 교육행정 정책연구회 회원(2022년~ 현재)
인천광역시교육청 관리자 공무원 독서모임 '여리' 회원

학력 학부에서 사회복지학 전공

표창 국민교육유공 교육인적자원부 장관 표창
행정안정부 행정서비스헌장 우수기관 표창

E-Mail bsi72@naver.com

|작품|

1. 엄마와 박카스
2. 밤마다 사라지는 남자
3. 새빨간 거짓말

엄마와 박카스

팔순이 되신 엄마는 아직도 박카스를 무척이나 좋아하신다. 박카스를 보면 가슴 한 켠이 아려오며 엄마의 얼굴이 떠오른다.

엄마는 딸이 귀한 부잣집에서 태어나셨다. 내겐 큰이모가 되시는, 엄마의 언니가 병으로 일찍 세상을 떠나고 아들만 많던 집안의 귀한 첫째 딸로 엄마가 태어났으니, 온 가족의 사랑을 듬뿍 받으며 유년 시절을 보냈음은 물론이다.

당시 지역유지셨던 외할아버지 덕분에 엄마는 고등학교까지 졸업하셨다. 1950년대 만해도 남존여비 사상과 6.25 전쟁 직후라 남녀불문하고 초등학교나 중학교도 보내기 힘들던 시절에, 고등학교까지 나온 엄마의 자부심은 무척이나 크셨다.

학창 시절 공부도 잘하셨던 엄마. 외할아버지는 딸이니까 고등학교 정도만 나와도 충분하다고 생각하셨던지, 외삼촌들 대학 학자금까지만 대셨다고 한다. 그렇게 엄마는 자의 반 타의 반으로 대학을 포기하셨다.

그 당시. 엄마는 외할아버지를 졸라 서울로 대학을 갔으면, 아빠를 만나서 결혼하지 않았을 것이라며 후회 섞인 말을 내게 털어놓곤 하셨다. 고된 시집살이와 남편에 대한 원망이 얼마나 깊으셨으면, 어린 자식들을 붙잡고 아빠와 친할머니의 잘못된 행동과 서운했던 과거에 대해 그토록 자주 이야기하셨을까….

내 나이 오십이 넘은 지금 와 생각해 보니, 같은 여자 입장이 되어 엄마를 이해하게 된다. 하지만 엄마의 한 서린 시집살이 얘기를 듣던 어린 시절에는, 그것이 내가 생각하는 엄마의 유일한 도덕적 흠결이었다. 형제자매들이 아빠를 어려워하고 싫어하는 계기가 된 것 같아 마음이 아팠으니 말이다.

곱게만 자라셨던 엄마의 삶은 아빠와의 결혼을 통해 완전히 뒤바뀌게 되었다. 결혼과 함께 시작된 홀시어머니의 시집살이는 혹독했고, 지극히 효성 깊은 아빠는 매번 할머니 편이셨다. 말도 안 되는 문제로 할머니가 엄마를 괴롭힐 때는, 아빠는 할머니보다 더 크게 화를 내며 엄마한테 손찌검도 서슴지 않으셨다.

지속적인 불행 앞에 속수무책이셨을 무렵, 임신한 엄마가 몸이 아파서 아침상을 늦게 차렸다는 이유로 할머니가 불같이 화를 내셨다. 엄마는 어차피 아파 죽을 몸이라며 악을 쓰고 대들다 한바탕 난리가 났다. 그때 양수가 터지고 그날 저녁 오빠가 태어났으니……. 속상한 상황에 출산해야 했던 엄마의 몸과 마음의 피폐함이란, 말로 다 할 수 없으셨을 것이다.

서울 달동네에 올망졸망 4남매. 눈먼 시어머니에 하는 일마다 줄줄이 망해 백수 된 남편까지. 먹고 살길이 막막하셨던 아빠가, 이제 막 중학교를 졸업하는 언니들을 공장에 보내야겠다고 하시던 날. 엄마는 어린 딸들을 지키기 위해 그 길로 약국집 가정부가 되어서 우리 집안의 실질적인 가장이 되셨다.

부유한 환경에서 자라 청소며 빨래며 집안일이 서툴던 엄마는, 약국 주인집 아주머니의 살림에 대한 불만을 막기 위해, 그 집 아이들 숙제와 공부를 함께 봐주며 가정부 겸 가정교사가 되어 악착스레 버티셨다. 어린 두 딸을 공장에 보낼 수 없었으니.

내가 초등학생이던 그 시절. 나의 등굣길과 엄마의 출근길

방향이 같았다. 우리 달동네 근처에는 약국이 둘이 있었다. 비탈길을 내려가 동네 인근과 맞닿은 약국 하나. 버스정류장 옆에 또 다른 약국이. 엄마가 출근하는 곳은 버스정류장 옆의 약국집이었다. 엄마는 매일 아침 달동네 근처 약국에 들러서 박카스와 판콜을 주문해 드시곤 했다. 나는 그때마다 엄마에게 박카스 딱 한 모금만 남겨달라고 두 손을 맞잡고 오른쪽 집게손가락을 펼치며 고개를 갸우뚱거리고 졸라댔다. 한 모금 얻어먹는 새콤달콤한 박카스가 혀를 타고 목구멍으로 넘어가는 순간이 그렇게 행복할 수 없었다. 박카스를 마시고 엄마의 팔짱을 잡으며 폴짝폴짝 그 길을 뛰며 내려왔다. 나는 엄마를 온전히 차지하는 그 등굣길이 무척이나 좋았다.

내가 그 시절 기억하는 집에서 엄마의 모습은 아랫목에 웅크려 누워 앓던 가냘픈 등이었다. 등지고 누운 엄마에게 다가가 엄마를 꼭 안고 살냄새를 맡으면 그 향이 그렇게 고소하고 좋을 수가 없었다. 하지만 엄마의 지친 몸에 매달려 성가시게 하는 게 아닌가 하는 괜한 미안함이 스치기도 했다.

엄마가 쉬는 날이면 종종 약국에 박카스와 진통제를 사러 심부름갔다. 거스름돈으로 왕사탕을 사 먹을 수 있어서 심부름가는 길에 '박카스에 판콜, 사리돈, 박카스에 판콜, 사리돈….'을 되새기며, 철없이 콧노래를 부르며 좋아하던 나. 엄마 인생의 고단함을 새털만치도 헤아리지 못했으니…….

지금의 나보다 어리고 가냘팠던 엄마. 당신 인생 앞에 펼쳐진 가시밭길을 홀로 서서 막막한 심정으로 바라봤을 엄마…. 어린 자식들 발에 혹여 그 가시가 찔리지 않을까 자신의 몸을 기꺼이 던지셨던…. 박카스는 어린 자식들을 지키기 위해, 고학력자였음에도 불구하고, 가정부로 들어갔던 엄마의 생채기 난 자존심을 지키기 위해 내린 '엄마만의 처방 약'은 아니었을까 감히 짐작해 본다.

사람에 대한 측은지심이 깊으신 엄마는, 자식들을 다 키우시고부터는 봉사활동에 전념하셨다. 교회 식당 봉사, 전도 봉사 등. 팔십이 넘으시고부터는 그마저도 늙은이는 방해된다며 50대 60대 아주머님들께 넘기시고, 지금은 또래 친구분들과 가끔 동네 맛집 탐방을 다니신다.

요즘 엄마의 얼굴을 보고 있으면 어떻게 저 연세에 저렇게도 귀여운 얼굴을 하고 있을까 싶다. 이도 다 빠지고 눈꺼풀도 쳐지고 입가와 눈가, 볼까지도 주름이 자글자글한 얼굴인데, 희한하게 그 많은 주름살 하나하나가 조화롭게 웃는 귀여운 얼굴을 만들고 있다.

결혼 기간 내내 그렇게 모질고 거친 고생을 하셨어도 엄마는 콩나물값 한번 깎지 않으셨다. 혹여 시장 상인이 덤으로 주는 사과 하나도 우리한테는 하나지만 아저씨는 열 개가 된다며 다시 내려놓곤 하셨다. 그럴 때면 속으로 '엄마가 저 상인보다 더 가난하거든? 아휴 답답해…. 난 절대 엄마처럼 안 살 거야!'라며 다짐하곤 했다.

며칠 전. 아들 녀석에게 학원 기숙사에 급한 물건이 필요하니 가져와 달라는 호출을 받았다. 나는 온종일 업무에 시달린 피곤한 몸을 이끌고 11시가 다 되어 가는 밤에 제2경인고속도로를 진한 커피를 마시며 달렸다. 커피를 마셔도 자꾸만 감기는 눈꺼풀에 허벅지를 꼬집고 때렸다. 그 상황에 갱년기 열감까지 더해졌다.

엄마처럼 살지 않겠다던 내가. '나도 엄마처럼 자식을 위해 이러고 있네….'라는 생각이 들며 불현듯 박카스가 떠올랐다. 왈칵 고이는 눈물이 시야를 가리었다.

엄마도 엄마가 처음이셨을 엄마라는 자리. 그 무게가 감당키 어려우셨을 작고 가녀린 어깨 위로, 나의 손을 가만히 올린다.

"엄마, 고생 많으셨어요. 제가 알아요……."

밤마다 사라지는 남자

3년간의 코로나19 팬데믹으로 직장인들의 재택근무가 일상처럼 자리 잡게 되었다. 회사원인 한 남자의 삶에도 변화가 찾아왔다. 그의 직책은 부장. 국적은 대한민국. 나이는 50대 초반. 4인 가족의 가장이다.

그는 이삼십 대 젊은이들에게 꼰대라 불리는 것을 두려워하며, 지갑을 간신히 열어 후배들의 저녁 시간을 훔치며 '나 때..라떼..'를 조심스럽게 구사하며 살아왔다. 아재 개그를 하며 아직도 사그라지지 않은 자신의 재치 있음을 감탄하는, 사람을 무척이나 좋아하는 일명, 사람 좋은 사나이다. 그런 그가 자택에 갇혀 지내야 했으니, 갑갑증은 극에 달했을 것은 자명한 일. 이제 코로나19가 끝나갈 무렵, 사람이라면 환장하던 이 남자가 매일 밤 사라지기 시작한다.

밤마다 사라지는 남자? 그 사람은 바로 나의 남편이다. 남편의 회사는 코로나19 초기에는 재택근무가 권장 사항이었는데, 일 년 정도 지난 2021년 중반에는 핵심부서를 제외한 대부분 사무실을 완전히 폐쇄했다. 그렇게 전 직원 재택근무가 의무 사항이 되어 9 to 6(9시 출근 6시 퇴근)까지 남편은 서재에서 재택근무를 해야 했다.

남편이 몇 달을 도통 출근을 안 하고 집에만 있으니, 혹시 사오정(사십 혹은 오십 대 정년)이 된 것 아닌지 덜컥 겁부터 났다. "당신 짤 린 것 아니지?, 혹시 회사에서 그만두라고 하면 화단 잡초라도 뽑겠다고 하고, 회사 기둥이라도 붙잡고 단단히 버텨야 해요!"라는 말로 진심을 듬뿍 담은 농담으로 은근히 사실 여부를 떠본다. "나 여태 일했는데, 내년에는 그만두고 좀 놀아야겠어. 집에서 살림할 테니, 공무원 마누라 돈 많이 벌어와요!"하고 남편이 응수한다. 나는 살벌하고 능청스러운 남편의 답변에 '안 잘렸구나!'하고, 내심 안심하며 입꼬리가 저절로 올라간다.

저녁 6시. 재택근무를 마친 남편은 서재에서 나와 샐러드에 간단히 몇 숟가락 밥술을 뜨고 후다닥 집을 나간다. 남편의 일과는 아주 심하게 심플하다. 매일 9 to 6 재택근무를 마치고, 강아지 산책을 시킨 다음 매일 저녁 성실하게 미친 듯이 마실 나가시는 것.

동네 휴대폰 가게 사장님, 전기공사 사장님, 와인 백화점 사장님, 초밥집 사장님, 드럼 동호회의 형님과 누님들 등 두루두루 그새 발을 많이도 넓히셨다. 엘리베이터를 타면 모르는 사람이 없어 층수가 다 내려갈 때까지 간단한 인사는 물론이거니와 수다 삼매경에 빠져 헤어 나올 줄 모른다.

그렇게 사람을 좋아하는 걸 너머 환장하는 듯 보이는 남편은, 하나뿐이던 테니스 동호회를 지금은 매일 새벽과 저녁, 주말 동호회로 장장 세 개까지 늘려 놓았다. 나도 모르게 말이다.

어느 날부터인가 커다란 택배 상자가 현관에 발 디딜 틈 없이 쌓이며 현관은 택배 창고로 변해갔다. 그것도 모자라 집안 여기저기까지! 이 남자가 간이 부었거나, 간이 배 밖으로 튕겨 나왔거나. 나는 끓어오르는 감정을 최대한 누르고, 택배 상자들을 확인하며 남편에 묻는다. "자기야, 아니 웬 두루마리 휴지를 이렇게 많이 시켰어요?" "아, 이번 주에 테니스 시합 상품이야." "이 박스는 대체 뭐고요?!!" "이번 주 부천시 동호회 연합 대회 참가 상품으로 주려고." 커피믹스, 텀블러, 두루마리 휴지, 등등. 테니스 동호회 총무를 맡아 집에다 아주 택배회사를 차린 것처럼 보였다.

왜 총무를 맡아서 집안을 이 지경으로 만드냐고 날카롭게 쏘아 대니, 총무를 회장이 많이 의지하고 신임하기 때문에 회원선발권이 있는, 권한이 막강한 자리라고 한껏 으스대며 능청을 부린다. '하아.... 이 남자 증(정)말...' 나의 한숨도 잠시.

동네를 거닐다 보면 어디선가 불쑥 나타난 누군가가 내 팔을 툭 치고 지나간다. 자전거를 탄 남편이다. '아니 이 남자 집에서 또 나온 거야? 도대체 왜 이렇게 돌아다니는 거야?' 불현듯 남편이 딴짓하러 다니는 건 아닌지 의심까지 할 무렵.

마침 친구가 많아서 바쁜 대학생 딸이 웬일로 데이트하자고 한다. 딸과 알콩달콩한 시간을 보내고픈 마음이 늘 있던 터. 기회는 이때다 싶어 남편이 자주 가는 동네 유흥골목을 딸과 함께 산책 중이었는데. 저만치 호프집 야외테이블에 한 무더기의 아저씨들이 우리를 보고 반색하며 손뼉을 친다. 아뿔싸! 남편과 동네 형님들이다.

문어발식 인간관계를 지양하는 나는, 마주치고 싶지 않아 딸아이 옆구리를 쿡 찌르며 돌아가자고 표시하니, "엄마, 맛난 거

먹고, 용돈도 받아 가야지~"라며 애교 섞인 말을 남기고는 기회라도 잡은 듯이 쪼르르 달려가 털썩 합석한다. 어라? 딸과도 초면이 아니야?! 합석한 딸아이에게 남편과 동네 형님들은 한참을 주거니 받거니 농담도 하고 시답잖은 아재 개그까지. 그런 남편과 동네 형님들을 딸아이가 척척 받아주기도 하는 모습을 보니 영락없는 부전여전.

한숨이 절로 나며 코로나19 이전이 저절로 그리워진다. 그때 남편은 주말이면 가족과 같이 나들이 가는 것 외에는 밖에 나가 사람 만나는 것을 즐기지 않았다. 동네 사람들과 친분도 전혀 없어 가족밖에 몰랐는데…. 어쩌겠는가. 도량 넓은(?) 내가 이해하는 수밖에. 재택근무 이후, 하루 종일 집에서 혼자 일하다 보니 사람 좋아하던 남편이 얼마나 갑갑했을까 싶기도 하다.

요즘도 남편은 6시만 되면 어김없이 나가서 열심히 사회생활에 초집중 모드다. 남편을 이해하며 방치하다가도 공부 좀 더 하고 무엇이든 현실적인 도움이 될 것을 배워야지 너무 취미생활만 하는 것이 아니냐며 짚어주는 내게. 남편은 돈 벌 수 있을 때 취미생활을 많이 해 둬야지, 수입이 없을 노년에는 돈 안 들이고 심심하지 않게 취미생활 하며 지낼 수 있단다. 나름의 철학을 아주 발칙하게 대꾸하는 남편. 나는 남편 말에 고개를 갸우뚱한다. 맞는 말인가? 아리송하다. 왜 괜히 설득당하는 거 같은 이 기분은 뭐지.

일상을 되찾은 지금. 밤이면 사라지는 남자는 지금도 여전히 사라지는 중이다. 어둑해지는 초저녁에 노란 형광색 점퍼에 흰둥이 강아지를 데리고 걷는 남자. 퇴근하고 집 쪽으로 걷고 있는 나를 향해, "또리야 엄마다!"하고 외치는 사람. 폴짝폴짝 뛰며 다가오는 흰 솜뭉치 같은 강아지 뒤로 근엄한 표정의 남자! 반가운 남편이다.

문어발식 인간관계를 지양했던 내가, 코로나19 펜데믹을 겪으면서 얼마나 불필요한 생각을 하고 있었는지, 밤마다 사라지는 남편을 통해 깨닫는다.

사람은 만날 수 있을 때 만나야 하고, 보고 싶을 때 봐야 하는 것. 그래 사람은 함께일 때, 진정 행복할 수 있구나!

새빨간 거짓말

"문 좀 닫아요. 열지 말라고 했잖아욧!" 내게 가장 이상적인 남자, 내겐 너무 사랑스럽고 친절했던, 나만 졸졸 따라다녔던, 이 남자의 행동과 표정이 바뀌었다. 내 배에서 나의 이상형이 태어났다고, 퍽이나 자랑하고 다녔는데, 이젠 이 아들 녀석 얼굴만 떠올려도 저절로 미간에 힘이 빡! 들어간다.

방문을 사이에 두고 고3 아들 녀석과 대치하는 날이 잦았다. 그러던 중, 직장 독서동아리 회장님이신 옆 학교 행정실장님께 반가운 연락이 왔다. 공공도서관 프로그램으로 시 창작반이 생겼는데 함께 신청하자는 것이다. 애면글면하던 고3 아들 녀석과의 신경전에서 잠시라도 벗어나고 싶은 마음에 신청했다.

기다리던 시 창작반 첫날, 강의를 진행하는 시인 선생님께서 '시를 쓰는 것은 단순히 글을 쓰는 것이 아니라 정서적 체험 속에 자신을 정화 시키고 치유해 가는 것'이라고 하셨다. 주제를 잡을 때는 현재 자신의 상황에서 최대 관심거리를 선정하라고도 하셨다. 나는 고3 아들과의 갈등이 있다고 털어놓으니, 시인 선생님은 그것에 대해 쓰라고 하신다.

과제로만 생각하던 시를 쓰기 위해 아들과의 관계에 대해 되짚어 보았다. 왜 이렇게 소원한 사이가 된 것일까? 언제부터. 어디까지. 어떤 시간을 거슬러 올라가야 다시 예전과 같은 사이가 될까? 어디서부터 바로 잡아야 할까? 머리와 마음이 혼란스러웠다.

여러 날의 수정을 거쳐 어렵사리 나의 첫 산문시가 완성되었고, 시 창작반 마지막 날, 나의 시를 낭독하는 시간을 가졌다.

J 어디서부터 벽이 생긴 걸까?

J 예전엔 적어도 이런 계절은 아니었다. (중략)

복도 끝 작은 방

닫혀버린 방문이 열리고,

파스텔톤 귀여운 색동 양말이 뒤뚱이며 달려온다. (후략)

그래, '너의 색동 양말을 엄마 마음대로 엉긴 회색빛 실타래를 만들었구나!' 그리고, 그것을 풀어보겠노라고 혼자 낑낑대며 쓸데없이 힘을 낭비했구나. (詩 '나의 j에게' 中 배신일)

시를 낭독하다가 갑자기 울컥하며 눈물이 났다. 나름대로 최선을 다해서 키운다고 키웠는데, 왜 이렇게까지 소통의 부재가 되었을까? 아들이 자라서 정신적으로 독립하는 과정 중의 일부분이라 하기에는, 지금의 갈등 상황이 너무도 버거웠다. 그런 생각들을 하니, 올라오는 감정과 눈물을 주체할 길이 없었다.

집으로 돌아온 나는, 아들과 소원해진 관계를 돌이켜보고 싶은 마음에 낡은 태교 수첩을 찾아보았다. 거기엔 너무 소중해서 그 존재만으로 감격하던 수많은 글귀가 쓰여있었다. 그 많은 글귀 중, '우리 아가 튼튼하고 건강하고 행복하게만 자라주렴, 엄마의 소원은 그것뿐이야.'라는 한 줄이 내 가슴 정곡을 찔렀다. 아들과의 관계가 소원해진 탓은, 나 자신의 과한 욕심에서 비롯된 새빨간 거짓말이 적혀있었니…!

순간 정신이 아득해졌다. 아들과 관계가 틀어진 시점은 어디서부터였을까? 머릿속을 헤집다가 중학교 3학년 말이 떠올랐다.

어릴 때부터 말이 많고 남 웃기는 것을 좋아하던 아들은, 개그맨이 꿈이었다. 성격도 공부도 내가 특별히 챙겨주지 않아도, 학교생활까지 곧 잘했다. 무렵 담임선생님께 고등학교 진학을 위해 상담받는데, 아들이 최상위권 성적이라고 하셨다. 그 말을 듣는 순간, 나는 아들의 공부를 더욱더 챙겨야겠다는 욕심이 생겼다.

'그래, 우리 가문에도 S 대학 한 명쯤은 배출해야지!!' 야무진 포부를 품고 그때부터 아들을 수도권 자사고에 보내고, 여러 학원으로 끌고 다녔다. 그러길 꼬박 1년이여. 고등학교 1학년 말 성적을 받을 때는, '그래. 이렇게 하면 되는 거야! 이제 강남 학원으로 진출해야지!' 하며, 그해 겨울방학을 기다려 아들을 강남 ○○학원의 윈터스쿨에 보냈다.

윈터스쿨에 넣은 지 일주일 후. 아들에게서 전화가 왔다. 아들은 학원 수준을 탓하며, 점심시간에도 친구들과 말을 못 하게 해서 지옥이 따로 없다는 말까지. 결국 나가면 안 되냐는 말을 했다. 나는 그래도 강남인데 버티는 것이 좋을 것 같다고 아들을 회유했다. 그렇게 억지로 윈터스쿨을 끝내고 온 다음부터 아들은 변하기 시작했다. 방문 잠그는 것을 시작으로 그만의 세계에 갇혔다. 아니 나와의 연결고리를 차단했는지도 모른다.

늦은 밤까지도 아들 방에서는 키보드 두드리는 소리와 함께 킥킥대며 웃고 떠드는 소리가 형광등 불빛과 섞여서 방문 틈 사이로 새어 나왔다. 어릴 때는 그 방 불빛이 그렇게 귀엽고 사랑스러웠는데, 이제는 야심한 밤 그 방의 불빛만 보면 얄궂은 아들이 한심스럽고 울화통까지 터졌다.

그로부터 여러 달. 학원을 아무리 다녀도 떨어진 아들의 성적은 오르지 않았고, 학원비가 아깝지도 않냐고! 왜 열심히 공부하지 못하냐고!! 속상한 마음에 소리쳤다. 아들은 자신에게 더는 돈 들이지 말라며, 내게 반항이라도 하듯 학원을 그만두겠다고 했다. 이제 다 왔는데, 조금만 더하면 되는데, 왜 지금 와서 무너지는 거냐고, 매일 저녁 아들과 전쟁을 치렀다.

갱년기에 아들과의 불통으로 인한 화병에 한의원을 오가야 했고, 내가 믿고 의지하는 하나님께 간절함으로 기도하며 감정이 격해져 울면서 매달리기까지 했다. 내 몸과 마음은 시름시름 앓기 시작했다. 맞다. 그 시점부터였다. 아들과의 소원해진 관계는.

어릴 때. 눈치가 빨라 심부름을 곧잘 하던 아들…. 혹여 내가 아프기라도 하면 달려와서 고사리손으로 수건을 물에 적셔 머리에 얹어주며, 연신 '엄마 괜찮아?' 라고 말하며 맑디맑은 눈으로 나를 바라보던 아이…. 내 옆에서 꽁냥꽁냥 조잘조잘 그저 해맑기만 하던 아이…….

시작이 있으면 끝이 있는 법. 길고 긴 터널을 지나 끝이 보이지 않을 것만 같았던 아들의 수시와 수능 시점이 다가왔다. 아들의 내신으로는 원하는 대학에 원서를 넣을 수 없었다. 논술로만 여섯 군데 원서를 작성해 넣어야만 했다. 그렇게 수리논술 여섯 곳 시험을 마치고, 합격자 발표일이 되었다.

역시나 연이어서 불합격. 마지막 넣은 학교 중 그나마 제일 수준 높은 대학교 한 군데가 남았다. 저녁 5시 30분, ○○대학교 입학처를 열어보았다. '합격자 발표를 6시에 한다며 아니 왜 벌써 발표하는 거야? 30분이라도 희망을 좀 더 주면 안 되나?' 투덜 대면서 아들의 수험번호를 넣었다. '○○○ 님 합격을 진심으로 축하드립니다' 눈을 비비고 다시 봤다. "쭌아~ 너 합격했대!" 이불을 뒤집어쓰고 세상 포기한 듯 누워있던 아들이 벌떡 일어났다. 아들의 검은 머리통이 어느새 노트북 화면을 가리고 있었다.

합격자 발표 후, 한 달쯤 지나니 좀 더 좋은 학교 가려고 재수한다는 소리가 여기저기서 나왔다. 문득 '그래도 우리 집안에

SKY 한 명은…….'이라는 욕심이 슬그머니 고개를 들다가, 머리를 흔들며 '몹쓸 생각, 못난 생각!'이라며 이내 떨쳐 버린다.

태교 수첩에 적어둔 글귀를 다시 꺼내 본다. '우리 아가, 튼튼하고 건강하고 행복하게만 자라주렴. 엄마의 소원은 그것뿐이야.' 노력하련다. 이 말이 새빨간 거짓말이 아니게끔.

손문숙

프로필

경력 인천광역시교육청 지방교육행정사무관(31년 재직 중)

근무 인천세원고등학교 행정실장

학력 성균관대학교 역사교육 학사
교원대 교육전문대학원 교육환경시설정책 석사

표창 우수공무원 표창(훈격 국무총리)

활동 다음 브런치 작가(2020년~현재)
네이버 블로그 <책으로 세상 읽기> 운영 (2016년~현재)
(https://blog.naver.com/sonmun22)
북크루(저자와 독자를 연결해주는 플랫폼) 소속 작가 : 2020년~현재
인천광역시교육청 관리자 공무원 <여리 독서 모임> 운영자 : 2017년~ 현재, 7년째
인천광역시교육청 교육행정 정책연구회 교육분과장 : 2022년~ 현재
인천광역시교육청 교육행정 정책연구회 글쓰기 동아리 '글힘' 운영자 : 2023년~
인천광역시교육청 관리자 공무원 대상 <에세이 쓰기 워크숍> 기획 : 2023년~
인천형 민주시민교육 시민교사 : 2021년~ 현재
중등학교 2급 정교사(사회(역사))
일반행정사

저서 <지극히 사적인 그녀들의 책 읽기> (2020,힘찬북스)
* 교보문고 자기계발 베스트셀러 : 2020년, 전체 분야 종합주간 13위
<글쓰기로 나를 찾다> 공저 (2017,북바이북)

E-Mail sonmun22@ice.go.kr

|작품|

1. 전라도 시어머니와 경상도 며느리
2. 내 인생에 가장 잘한 일 두 가지
3. 마음의 보석상자

전라도 시어머니와 경상도 며느리

남편이란 끈으로 연결된 우리 두 여자의 만남이었다. 시어머님은 결혼 전에 처음 인사드리러 갔을 때, 이미 칠십 중반을 넘긴 할머니셨다. 게다가 친정 할머니와 동갑이라니! 내게 나이 많은 시어머님은 불편하고 싫은 존재였다.

전라북도 정읍이 터전이셨던 시어머님과, 부모님 고향이 경상북도 경주인데다 부천에서 나고 자라, 부산에서 중·고등학교를 4년 동안 다닌 경상도 물 먹은 며느리….

'살아온 시대와 지역이 다른 만큼 생각도 많이 다를텐데…. 앞으로 시어머님과 어떻게 잘 지내지?'라는 걱정이 앞섰다.

나의 걱정은 곧 현실이 되었다. 결혼 전, 친정 할머니께 남편을 인사시키러 갔더니, 남편이 돌아간 후 내게 나지막이 핀잔을 주셨다. "하고 많은 놈 중에 왜 하필 전라도 놈이냐!!" 친정 쪽만 그랬으면 오히려 다행이었다. 시어머님 역시 나를 탐탁해하지 않으셨다. 몸은 바람 불면 날아갈 듯 약해 보이고, 평생 공부와 직장생활만 한 아가씨라 살림도 못 할 것 같았다고 하셨다.

며느릿감이 마음에 썩 들지 않았던 시어머님은 결혼을 반대하기 위해 철학관을 다섯 군데나 돌아다니셨다고 한다. 한 군데라도 사주가 안 좋게 나오면 반대하려고 말이다. 하지만 가는 데마다, "아들은 물이고 며느릿감은 나무니, 이런 천생연분이 어딨겠어요."라며, 하나같이 좋다 하니 결혼을 허락하지 않을 수가 없으셨다.

결혼 후에도 시어머님과 전라도와 경상도 사람이라는 지역감정으로 사소하게 부딪히는 일이 종종 있었다. 어느 일요일 아침. 밥을 차리고 있던 내게, 시어머님이 씩씩거리며 이렇게 말씀하셨다. "쩌번참에 새로온 관리소장 놈이 경로당 노인들헌티 인사도 잘 안하고 무뚝뚝헌게 사람이 영판 버르장머리가 없어 보이드만, 누가 갱상도 놈 아니랄깝씨,,,,, 쯧쯧."

"아휴 어머니, 그 사람이 예의 없는 거랑 경상도가 무슨 상관이라고 그러세요? 그러시길…."

"아니, 넌 먼 말만 하믄 고분고분 못 넘기고 뱰 것도 아닌 것 같고 댓바람부터 트집질이냐!"

버럭 소리까지 지르시는 걸 보고, 나는 입을 닫고 말았다. 그렇게 시어머님과 나는 전라도 경상도 얘기만 나오면 서로 묘한 신경전이 오갔다.

정읍 시골집을 정리하고 서울에 본가를 마련해 생활하시던 어머님은, 우리 아들이 초등학교 들어갈 무렵에는 아예 우리 집으로 들어오셨다. 맞벌이였던 우리 가족을 돌봐주기 위해서였다. 시어머님은, 손주가 고등학교 2학년을 마칠 때까지 솜씨 좋은 전라도 음식을 조석으로 챙기며 돌봐주셨다.

그뿐 아니라, 내가 사무관 공부한다고 집안일에 신경을 못 쓴 삼사 년 동안은 살림도 거의 도맡아 해주셨다. 십일 년 동안 같이 살다가 아이가 고등학교 3학년 올라갈 때 서울 본가로 가셨다. 결혼해서 처음 몇 년 동안은 아이에 대한 양육 의견은 물론, 사소한 의견충돌이 잦았다. 그러나 시어머님은 막내아들인 남편에 대한 사랑을 손주인 나의 아들에게 흠뻑 쏟아부어 주셨다. 그렇게 십일 년이란 시간을 한 식구로 살다 보니, 어느새 시어머님은 친정엄마보다 편하고 좋은 사이가 되었다.

시골에서 농사짓던 분이라 천성이 부지런하셨던 시어머님

은, 내가 퇴근하고 오면 힘들다고 설거지도 못하게 하셨다. 시어머님께서 살림을 많이 도와주셨기에 그 힘든 직장생활을 잘 버텨내고, 사무관 시험까지 합격할 수 있었던 걸 생각하면 지금도 감사한 마음이 절로 든다. 인생의 거센 파도를 자식들이 순탄히 넘기게끔 잠재워 주셨던 우리 어머님…. 무엇으로든 보답을 드리고 싶었다.

어머님이 구십이 다 되셨을 때. 백내장이 심해져 시력이 많이 나빠지셨다. 하지만 시댁 식구들은 구십이 낼모레인 어머님의 눈이 잘 안 보이는 건, 나이 드셔서 그런 거라며 대수롭지 않게 생각하셨다. 이후 어머님 시력이 더욱 나빠진 걸 알게 된 나는, 하루를 살아도 세상을 환하게 보며 사셔야 한다며 어머님을 유명한 안과 전문병원으로 모시고 가서 백내장 수술을 시켜드렸다. 수술 후 시력을 되찾아 세상이 환해진 어머님은 아이처럼 좋아하셨다. 눈이 좋아져서 신이 난 어머님은 서재에 있는 〈선덕여왕〉 소설집을 피곤한 기색도 없이 밤낮으로 읽으시며 내게 말씀하셨다. "시상에 재미진 이야기가 많기도 하다야. 아따~ 내가 니 덕에 죽기 전에 요라고 재미진 책도 읽어보고 겁나 호강한다 잉~~ 고맙다 에미야!"라는 말씀을 연거푸 하셨다.

몇 년 후 내가 같은 병원에서 라식수술을 받게 되었다. 어머님은 나의 라식수술이 끝날 때까지 구십이 다 된 몸으로 대기실에서 현금 백만 원이 든 봉투를 들고 기다리고 계셨다. 어머님은 자신의 백내장 수술에 대한 고마움으로 나의 라식 수술비를 내주신 것이다.

내가 사무관 시험을 준비하는 내내 우리 집 살림을 도우셨던 어머님은, 무사히 시험을 통과하는 걸 보시곤 서울 본가로 가시며 한 말씀 하셨다. "이 집에서 에미랑 산 십일 년 세월이 내 생전 질로 행복혔다. 내는 초년 과부로 혼자 자석들 멕이고 입힐라고 억시게 고생만 하고 살았는디…. 이 집에서 같이 살믄서 넘들 못혀 본 좋은디 구경도 많이 허고, 맛난 음식도 이것저것 묵어보고, 겁나 행복하게 살았다. 에미 니가 똑 뿌러지게 잘하니 아들놈하고 애린 손주를 니 손에 맡기고 가도 암시랑도 안허다."

어머님 연세 96세던 어느 날. 노환으로 병원에서 몇 년 동안 고생하시다 우리 곁을 영원히 떠나셨다. 평생 자식들 먹여 살리느라 자신을 위해서는 제대로 돈 한 번 써본 적이 없으셨던 어머님…. 돈이 있어도 바늘로 꿰맨 허름한 내복을 입으셨던 어머님…. 아끼고 또 아낀 돈을 자식들에겐 아낌없이 내놓으시던 어머님….

일제 강점기와 6.25 전쟁 풍파를 겪으시며 남편을 젊은 나이에 여의시고 일곱 남매를 혼자 키워낸 어머니의 굴곡진 인생은, 여자라는 같은 입장에서도 너무도 가엽게만 여겨진다. 어머님의 빈자리는 당신 일생을 통해 자식들에 대한 진한 사랑을 느낄 수 있는 기억으로 채워 놓으셨다.

전라도 시어머니와 경상도 며느리라 신경전도 만만치 않았던 세월. 동고동락하며 서로를 진심으로 이해하고 보듬어주던 행복한 기억이 더 많았던 우리. 미운 정 고운 정으로 부대끼던 시간은, '진짜 가족'이 되기 위함이던 것이다.

김치 중에 최고는 누가 뭐래도 전라도 김치다. 그중에서도 어머님이 매년 김장철마다 담가주셨던 김치다. 정읍 사는 큰형님이 키운 고추를 어머님이 정읍에 내려가셔서 직접 따고 햇빛에 말려 곱게 빻은 태양초 고춧가루로 담근 김치이니, 맛이 없을 수가 있겠는가! 잘 익은 배추에 멸치젓과 생굴, 각종 채소에 태양초 고춧가루를 듬뿍 넣어 갖은양념으로 잘 버무려주면 어머님표 전라도 김치 완성이다. 감칠맛이 혀끝에 오래 남고 색깔도 고운 김장김치는 보기만 해도 저절로 침이 고이곤 했다.

전라도 음식의 깊은 맛만큼이나, 깊은 사랑을 남기고 떠나신 어머님. 지역감정으로 만난 고부 사이는, 삶의 역경을 함께 겪고 인내하며 언제 그랬냐는 듯이 사라졌다.

외동아들을 두고 있는 나도, 우리 어머님이 내시던 깊은 김치 맛처럼 깊은 정을 줄 수 있는 시모가 될 수 있을까…….

내 인생에 가장 잘한 일 두 가지

어느새 직장생활 30년이 넘었다. 그 시간을 돌이켜보니 많은 일이 머리를 스친다. 그중 가장 잘한 일 두 가지를 꼽아보면, 하나는 공무원이 된 것, 또 하나는 나의 이름이 새겨진 책을 출간한 것이다.

사십 중반 사무관 시험 합격 후, 관리자가 되면서부터는 공무원이 되길 정말 잘했다는 생각이 매일 들 정도다. 하지만 9급 공무원이던 초임 시절부터 공무원이란 직업에 만족감을 느꼈던 건 아니다. 회계업무를 해야 하는 '교육행정공무원'이 된 것이 그다지 만족스럽지 않았기 때문이다.

4년제 대학을 나와 무슨 9급 공무원이냐, 아깝지 않냐던 주변 사람들은, 걱정하는 말인지, 비아냥거리는 소리인지 모를 말들을 내게 던졌다. 공무원 초임 시절 나도 모르게 그런 말들이 신경 쓰였다. 하지만 천생 문과생인 내가 회계업무에 적성이 있다는 사실을 깨닫게 되며 나의 직업에 그런대로 만족하던 때였다.

신혼 초 남편의 시선 역시 곱지만은 않았다. 왜 아니겠는가. 남편은 대기업 연구소 인사팀장이라 자신감이 하늘을 찌르던 시절이었으니. 거기다 나와 차이 나는 월급까지.

월급 애기를 꺼내고 나니, 당시 한 가지 사고가 생각난다. 남편과 차이 나는 월급봉투가 창피해 꽁꽁 숨기며 출퇴근을 반복할 무렵이었다. 실수로 남편에게 월급봉투를 들키는 대형 사고가 터지고 말았다. 아니나 다를까. 남편은 조롱 섞인 눈빛으로 내 가슴에 비수를 꽂았다. "4년제 대학 나와서 겨우 쥐꼬리만 한 월급 타려고 매일 야근이야?"

다음날 남편의 말에 상처받은 나는 눈물까지 펑펑 흘리며 A4용지 세 장에 걸친 장문의 편지를 써서 출근하는 남편에게 고이 안겼다. 내가 얼마나 상처받았는지 구구절절 설명하면서 말이다. 다행히 편지를 읽은 남편은 바로 사과를 했고, 다시는 말로 상처 주지 않겠노라 약속했다.

1997년 IMF가 터지면서 남편과 나의 처지는 완전히 뒤바뀌었다. 잘나가던 대기업인 남편의 회사는 도산했고, 이후 취직하는 회사마다 IMF의 위기 속에 줄줄이 망해버렸다. 남편은 중소기업에 취직했고 점점 의기소침해졌다. IMF로 불안정해진 회사원인 남편보다 상대적으로 안정적인 공무원 직업을 가진 내가, 밖에서나 안에서나 더 인정받기 시작하던 때가 이때부터였다.

어느 날. 남편은 술에 잔뜩 취해 들어와서는, "당신이 이제 우리 집 가장이야."라며 잘 풀리지 않은 일 때문인지 속내를 토로했다. 이후 내 의지와 무관하게 나는 우리 집 가장이 되었다. 남편과 관계 역전 후. 승승장구라도 하듯, 사십 대 중반에 공무원의 꽃이라고 할 수 있는 '사무관' 시험에 합격하여 실무를 안 해도 되는 관리자가 되었다. 그로 인해 관리 감독 업무를 하게 되어 시간 여유가 조금 생겼고 연봉도 올랐다.

지금이야 꿈의 직업이라고 생각하지만, 처음부터 행정공무원이 나의 꿈은 아니었다. 고등학교 때부터 국어 선생님이 되고 싶어서 국어교육과에 가고 싶었다. 하지만 고등학교 3학년 담임선생님의 강력한 현실적인 조언으로, 나의 꿈인 학과보다 좋은 학교 타이틀을 가진 사범대 역사교육과에 가야만 했다.

대학 졸업 후, 교육청에서 주관한 공무원 공채라 교육청에 근무하는 줄 알고 시험을 쳤다. 하지만 현실은 작은 벽지 학교 서무과(지금의 행정실)에 근무하는 일이었다. 이상과 현실의 괴리감에서 오는 충격으로, 나의 미래가 너무 암담하다 생각했던 것으로 기억한다.

앞날이 밝지 않다고 생각했던 직장. 그 직장에서 3년 이상 못 버틸 것 같았지만, 어느새 30년이란 세월이 흘렀다. 작년에는 공무원 동기들과 '삼십 주년 축하 파티'도 했다. "삼십 년 동안 무탈하게 잘 버텨줘서 장하다!"라고 서로 축하하고 위로해주면서 말이다.

남편은 다니던 회사에서 명예퇴직하자마자 바로 부동산중개업을 시작했다. 벌써 사 년 차가 되었으니 세월 참 빠르다. 그간 남편은 인생 2막이라고 생각하며 밤낮없이 열심히 일한 덕에 다행히 사업은 안정되었다. 하나뿐인 아들도 대학교 원하는 과에 들어가, 군대를 마친 후 4학년에 복학해 남편과 내가 신경 써야 할 일이 거의 없어졌다. 내 인생은 그야말로 오십 중반에 접어들면서 가정에서나 직장에서나 안정적인 황금기를 맞는 중이다.

다음으로 잘한 일은 사십 후반에 책을 낸 것이다. 사무관이 된 후, 인생 후반전에 할 일을 찾기 위해 ○○○학당에 글쓰기와 독서토론을 배우러 갔다. 거기서 서평 쓰기를 배우던 중 일반인들의 글쓰기 책 〈글쓰기로 나를 찾다〉를 공저로 출간하게 되었다. 꿈만 같았던 첫 출간의 경험으로 3년 후에는 용기를 내서 단독 저서 〈지극히 사적인 그녀들의 책 읽기〉를 출간하게 되었다.

5년 동안 직장동료들과 '여리 독서 모임'을 하면서 토론했던 책들의 후기로 쓴 인문 에세이였다. 출판업계에는 '유명하지 않은 일반인이 쓴 서평집은 폭망한다'는 설이 있는데, 그나마 탄탄한 조직력과 직장동료들의 응원을 받아 내 책은 코로나19 시국에도 상당히 많이 팔려서 교보문고 자기계발서 종합순위 13위까지 올랐다. 이를 증명이라도 하듯 전국의 교보문고 베스트셀러에 자랑스럽게 한 달 동안 진열되는 쾌거까지 이뤘다.

내 인생은 책을 내기 전과 책을 낸 후로 나뉜다 해도 과언이 아니다. 책을 내기 전에는 공무원이라는 생업을 위해 치열하게 살았다. 책을 낸 후에는 직장에서의 직함이 아닌 내 이름 석 자로 살아갈 작가와 강사로서의 삶을 경험해볼 수 있어서 좋았다.

작가가 되니 인생의 많은 점이 달라졌다. 글쓰기와 언행에

더욱 신중하게 되었다. 그리고 책을 냈을 때 받은 직장동료들의 관심과 응원을 되돌려주고 싶다는 마음이 들었다. 직장동료들도 나처럼 글쓰는 즐거움과 책 출간의 경험을 해봤으면 하는 바람까지 갖게 되었으니 말이다.

내 인생에 가장 잘한 일 두 가지는 공무원이 된 것과 나의 이름이 새겨진 책을 출간한 것이다. IMF라는 경제 위기 상황에서도 우리 집 가정 경제가 큰 어려움이 없었던 이유는 내가 공무원이었기 때문이다. 안정적인 월급을 받을 수 있었기에 남편의 사업도 자리를 잡을 수 있었다고 생각한다. 나의 이름이 새겨진 책을 출간하고 저자가 된 것은 정말 큰 행운이었다. 그리고 내가 일하는 직장과 동료들의 소중함도 다시 한번 깨닫게 되었다.

우리는 인생의 고비마다 중요한 선택을 해야 하는 때가 있다. 나는 공무원이 됐을 때나, 책을 출간했을 때, 늘 마음속에 꿈을 간직하고 있었다. 그 꿈을 이루기 위한 선택에 후회가 남지 않도록 최선을 다했다.

꿈을 간직한 채, 어두운 골목 모퉁이에서 서성이는 이가 있다면, 나직이 말해주고 싶다. '아무것도 하지 않으면, 아무 일도 일어나지 않습니다.'라고 말이다.

마음의 보석상자

나는 도서관에 자주 간다. 책을 좋아하고 글을 쓰는 나에게 제일 중요한 장소는 도서관이다. 도서관은 나에게 일상의 힐링을 주는 아지트이자, 무료로 질 높은 서비스를 제공 받는 복지 공간이기도 하다. 도서관에서 내가 좋아하는 책을 마음껏 빌릴 수 있을 뿐 아니라, 문화·예술 프로그램도 많아서 퇴근 후에 종종 수업을 들으러 가기도 한다. 도서관으로 향하는 내 발걸음은 항상 가볍고 즐겁다.

내가 도서관에 자주 가는 이유가 있다. 칠 년 전부터 직장동료들과 시작한 '독서모임'을 시작한 곳도, '글쓰기 모임'을 시작한 곳도 모두 ○○교육청 도서관이다. 도서관에 직장인 독서동아리나 글쓰기 동아리로 등록하면 매달 모임 장소를 제공해주고 책이나 문학기행을 지원해주기도 한다. 도서관에는 직장인을 위한 인문학 프로그램이 많아서 퇴근 후 자주 들으러 간다. 저자 북토크, 시 창작 수업, 재즈 인문학, 와인 인문학 등. 도서관에서 하는 프로그램들은 내게는 보석상자와도 같다. 어떤 작가일지 어떤 강사일지 북토크나 수업 내용이 매번 기대되니 말이다.

도서관은 항상 시민들을 맞이할 최상의 컨디션을 유지하고 있다. 깨끗하고 쾌적한 시설, 신간 위주의 다양한 분야의 책들, 카페 같은 분위기에서 책을 읽거나 공부할 수 있는 공간, 어린이들을 위한 놀이공간, 자연의 변화를 느낄 수 있는 야외정원까지….

내 인생에서 가장 잊을 수 없는 도서관은 2년 동안 근무했던 ○○도서관이다. 책을 좋아하는 내가 도서관으로 발령 났을 때 참 행복했고, 앞으로의 직장 생활이 설렘으로 가득했다. 직장 생활의 많은 시간을 고등학교에서 행정실장으로 근무했기에, 전혀 다른 업무를 하는 기관의 발령이라 조금 긴장이 되긴 했지만 말이다.

하지만 ○○도서관에서 항상 즐거운 기억만 있는 것은 아니었다. 막상 발령 나서 가보니 30년 만의 리모델링 공사가 예정돼 있었다. 도서관에서 근무하는 황홀함도 잠시. 나는 리모델링 공사 준비를 위해 도서관 전체를 모두 비워야 하는 대대적인 이사를 해야만 했다. 시에서의 설계는 약 6개월가량 했고, 도서관을 비운 후에는 공사도 약 6개월이 걸린다고 했으니, 설계와 공사를 합쳐 총 1년이란 시간이 필요한 것이었다.

공사 준비를 위해 우리 도서관과 제일 가까운 이웃 도서관 지하에 임시 사무실을 꾸렸다. 좁은 공간에 관장님과 독서문화과, 정보자료과, 관리과 직원들이 근무를 함께 했기에 사무실은 비좁고 열악했다. 그러나 다른 과 직원들과 함께 근무하다 보니, 한 식구처럼 가까워져서 정을 나눌 수 있는 좋은 계기가 되기도 했다.

매주 관장님 모시고 일주일 동안의 공사 상황을 점검하고 공사 현장을 돌아보는 일은 지금 생각해도 까마득하다. ○○도서관은 교육청에서 지은 도서관이 아니라 시에서 지어주고 운영만 교육청에서 하는 시 도서관이다. 리모델링 공사도 시청에서 예산을 세워주고 시청 기관인 건설종합본부에서 공사했다. 설계 단계부터 공사 시공까지 시청 사람들과 소통해야 하는 어려움도 내게 너무 버거운 무게였으니…. 우리 교육청 시설과에서 공사를 해줄 때보다 곱절이나 힘든 건 말할 것도 없었다.

그사이 힘듦에 보답이라도 하듯, 새로이 태어난 도서관은 시민들에게 예쁘고 쾌적한 모습으로 선보였다. 무척 보람되고 행복한 순간이었다. 재개관 후 도서관을 이용하는 사람들 대상으로 설문조사를 했는데, 이용자들은 대체로 긍정적인 답변을 주었다. 가끔 인터넷 검색을 해보면 SNS상에서도 시민들의 좋은 반응을 본다. 그럴 때면 리모델링 업무로 힘들었던 기억은 사라지고 행복한 추억만 남는다. 리모델링 과정에 처음부터 끝까지 참여하면서 업무를 챙겨서였을까. ○○도서관에 대한 나의 애정은, 사랑스러운 자식을 보는 어미 마음과도 같다.

지금은 ○○도서관에 근무하지 않지만 예쁘고 쾌적해진 도서관에 자주 간다. 도서관에 가면 공사할 때의 힘들었던 기억과 직장동료들과 재미있던 기억이 새록새록 떠올라 저절로 얼굴에 엄마 미소가 번진다.

도서관은 일상의 소소한 행복을 주고, 힘든 업무의 기억마저 행복한 추억으로 만들어주는 나의 힐링 아지트이다. 나에게 도서관이 그런 장소인 것처럼 다른 사람들에게도 힐링 아지트이면서 무료로 질 높은 서비스를 누릴 수 있는 장소였으면 좋겠다.

도서관에서 우리는 책을 빌리고, 문화·예술 프로그램을 듣고, 정보를 취득하기도 하며 공부도 한다. 도서관은 부자와 가난한 사람 가리지 않고 모두에게 공평한 혜택을 주는 복지 공간이다. "도서관은 힐링 아지트이자 복지 그 자체다." 우리에게 주어진 복지 혜택인 도서관에 자주 들러 힐링을 해보면 어떨까.

내 마음의 보석상자와도 같은 도서관이, '나만'의 도서관이 아닌, '우리'의 도서관이 되길 희망해본다. 마음의 보석상자와 같은 공간, 도서관으로 놀러 오시겠어요?

심인옥

프로필

경력 인천광역시교육청 지방교육행정사무관(31년 재직 중)

근무 인천국제고등학교 행정실장

활동 인천광역시교육청 교육행정 정책연구회 회원
인천광역시교육청 교육행정 정책연구회 글쓰기 동아리 '글힘' 회원

학력 한국방송통신대학교 행정학 학사

E-Mail inogi2@naver.com

|작품|

1. 좌충우돌 캠핑 입문기
2. 통금시간 7시
3. 나도! 나도!

좌충우돌 캠핑 입문기

"꺄악-! 엄마, 벌레가 너무 많아~!!"

폼생폼사 도시남인, 큰아들 쭈니가 벌레들을 보며 기겁하는 외침이었다. 나 역시 집에 가고 싶은 마음이 굴뚝같았던 우리의 첫 힐링캠프는 2013년 7월 1일에 시작되었다.

2년 6개월의 갑갑했던 육아휴직을 마치고, 초등학교 행정실장으로 복직한 날. 남편은 나의 복직을 기다렸다는 듯이 캠핑용품들을 사들이기 시작했다. 육아휴직 동안은 다달이 들어가는 지출로 인해, 감히 엄두도 못 내던 일들이었다. 나의 복직은 앞으로의 안정된 수입으로 연결되니, 남편이 일을 벌이고야 만 것이다. 그동안 갑갑했던 마음에 분풀이라도 하듯이 여가활동 준비하는 남편을 보며, 나는 도저히 말릴 수가 없었다.

그렇게 사들인 캠핑용품을 개봉할 절호의 기회가 찾아왔다. 남편이 전라남도 장흥 쪽으로 출장을 갈 일이 생긴 것이다. 남편은 급하게 출장지 주변을 인터넷으로 검색해, 캠핑 장으로 꾸민 주변 폐교를 찾아냈다.

오매불망 기다리던 출장과 캠핑을 동시에 할 날이 드디어 왔다. 나와 남편은 설렘 반 기대 반으로 캠핑 준비로 분주했다. 우리는 캠핑용품을 차 트렁크에 가득 싣고도 모자라, 뒷좌석 아이들 발밑까지 캠핑 장비를 쑤셔 넣으면서도 연신 입이 귀에 걸렸다.

뜨거운 태양이 내리쬐는 7월 말. 2박 3일 일정으로 우리 가족의 첫 캠핑지로 출발. 운전하면서도 신난 남편과 아이들 얼굴을 보니, 나만 복직을 기다렸던 게 아니었구나, 하는 생각이 들었다.

출장지에서 업무를 간단히 마치고 체크인 시간이 한참 지나서야 조용한 시골 마을인 캠핑 장에 도착했다. 폐교를 캠핑 장으로 운영하는 곳이라 정문을 들어서니 온통 푸르른 잔디 운동장과 파란 하늘은 마치 한 폭의 수채화와도 같았다. 아이들이 뛰어놀고 있는 넓은 운동장에 이미 설치된 형형색색의 텐트들이 즐비하게 늘어서 있는 걸 보니, 마치 학창 시절 운동회를 하는 듯, 착각이 들 정도로 정감 있는 곳이었다,

수돗가 자리에는 간이 수영장이. 교실로 사용하던 학교 건물에는 놀이방과 매점, 화장실, 개수대, 그리고 게스트하우스. 완벽하지는 않지만 나름 갖출 건 모두 갖춘 캠핑장. 꼬꼬마 시절 학교에 다니던 추억이 생각나는지, 남편은 연신 싱글벙글 이다. 첫 캠핑지로 이만하면 좋지 않냐고까지 말한다.

"자, 이제 텐트를 쳐 볼까." 남편은 손뼉을 한 번 딱! 치더니 의기양양 텐트를 집어 좌악 펼친다. '몇 분 후면, 우리만의 공간이 만들어질 거야.' 기대에 부푼 나와 아이들을 향해 자신만만한 얼굴로 씨익 미소까지 날리고는 작전 개시! 하는 얼굴로 텐트를 치기 시작. "어라? 어라! 왜 안 되지?" 땀까지 삐질삐질 흘리며 남편의 낮은 외침이 계속될수록, 나와 쭈니의 얼굴은 서서히 실망감으로 변해갔다.

남편이 분명 인터넷으로 텐트 설치 방법을 공부한 것 같은데…. 폴대와 텐트를 연결조차 못 하는 게 아닌가. 폴대와 한참을 씨름하던 남편은 결국 캠핑 장 운영자가 있는 곳으로 냅다

달려간다. 잠시 후. 지원군을 달고 온 남편은 겨우겨우 텐트를 설치. 바람에 출렁거리는 텐트를 보며 내 마음도 출렁이는 건 왜일까.

우리 텐트는 타프쉘이라는 대형 천막형 텐트였는데, 지금 생각해 보면 초보가 어찌 그리 큰 텐트를 치려고 했는지 의욕이 앞서도 너무 앞섰다.

겨우겨우 남의 손의 도움을 받고 텐트를 치고 나니, '첫 캠핑인데, 이 정도야 뭐.'라고 생각하며, 나는 불안해졌던 마음을 털어버렸다.

그런데 맑던 하늘이 흐려지기 시작했다. 분명히 일기예보에는 흐리다는 말은 없었는데 말이다. 흐린 날씨가 수상했다. 하지만 남편과 나는 걱정을 뒤로 하고 캠핑의 꽃은 장작불에 굽는 삼겹살과 불멍이라며 땀을 뻘뻘 흘리면서도 장작을 피우고 고기를 굽는데 열을 올렸다.

활활 타오르는 장작에 고기도 까맣게 태워 가며 아이들과 밥이 입으로 들어가는지 코로 들어가는지도 모르게 정신없는 저녁을 먹었다. 다행인지 불행인지 그제야 비가 오기 시작했다. 그냥 비도 아니고 천둥과 번개를 동반한 요란한 비가 쏟아지고 있으니, 텐트 안은 그야말로 아수라장이었다. 텐트 밖에 있던 테이블과 의자 들여놓으랴, 고기를 구워 먹느라 밖에 널린 그릇들까지. 나와 남편은 비 사이를 요리조리 피하며 캠핑 도구들을 텐트 안으로 들여놓고 나니 기운이 쭉 빠졌다.

우리 부부는 텐트에서 이대로 잠을 잘 것인지 게스트하우스로 옮길 것인지 고민 끝에 아이들을 위해서 게스트하우스로 짐을 옮기기로 했다. 우여곡절 끝에 모든 짐을 게스트하우스에 들여놓고 나서야 마음 편히 잠을 잘 수 있었다.

다음 날 아침, 밤새 퍼붓던 비가 그치고 해가 나기 시작했다. 우리 텐트는 무사히 잘 있을까? 설마 별일이야 있겠어? 그런데 다른 텐트는 멀쩡히 잘만 서 있는데 부실시공이 의심되던 우리 텐트만 폭삭 주저앉아 있었다. 지난밤 텐트를 포기했던 우리를 칭찬하며 무너진 텐트를 바로 세우고 짐도 다시 옮겨놓고 나니, 한낮의 땡볕 더위가 시작되었다.

푹푹 찌는 더위로 텐트 창을 다 열어도 땀이 비 오듯 옷을 적시고, 몸이 축 처지는 데다, 할 일은 왜 그리도 많은지…. 밥해 먹고 설거지하고 정리하고, 또 밥해 먹고 설거지하고 정리하고를 리모컨 반복 재생하듯. 첫 캠핑이라 하나부터 열까지 서툴고 어설퍼서 그런지 잠시도 쉴 틈 없었다. 할 일이 육상 릴레이 경주

하듯 하니, 쉬러 온 건지 일하러 온 건지 도무지 알 수가 없었다.

엎친 데 덮친 격으로 이곳에 도착하자마자, 벌레 때문에 소리 치던 6살 큰아들 쭈니가 또다시 칭얼대기 시작. 벌레라면 끔찍이도 싫어하는 쭈니와 4살인 둘째 아들은, 날도 더운데 나한테 매미처럼 들러붙어서 떨어질 줄을 몰랐다.

시원한 그늘막에 음악을 들으며 고상하게 캠핑 의자에 앉아 차 마시며 낭만을 즐길 수 있을 거라는 생각으로 온 캠핑. 현실은 달라도 너무 달랐다. 집 떠나면 개고생! 감성 캠핑을 꿈꾸고 떠난 캠핑은 생존 캠핑이 되고 말았으니…. 우리는 둘째 날도 게스트하우스에서 묵고 다음 날 아침, 도깨비에 홀린 듯 식사를 마치고 차 트렁크에 후다닥 짐을 던지듯 넣고는, 올 때와는 다르게 뒤도 안 돌아보고 캠핑장을 나왔다.

고생만 한 바가지하고 온 첫 캠핑 이후. 다시는 안 갈 것처럼 굴었던 나와 생각보다 힘들어서 괜히 시작했다고 후회막급이던 남편. 그랬던 우리 부부는, 더위가 가시기 시작하니 슬슬 캠핑 도구에 다시 눈이 가기 시작했다.

힘들어도 갔다 오면 다시 가고 싶다는 생각이 드는 것이 캠핑의 매력인가 보다. 우리는 얼마나 오래 캠핑을 다녀야 고수들처럼 여유로울 수 있을까.

안락함에 길들어진 우리 몸을 내려놓고, 불편하더라도 훌쩍 떠나는 캠핑의 매력을 알아채 버린 것일까. 경제활동을 하고 삼시세끼를 챙겨야 하는 매너리즘에서의 탈출은, 우리 일상이 얼마나 소중한지를 되돌아보니 말이다.

통금시간 7시

"해 떨어지기 전에 들어와라." 내 나이 20대 초반. 취업하기 전까지 아버지께 매일 들어야 하는 잔소리였다.

고등학교 다닐 때도 야간 자율학습 때 외에는 시험이나 학교 행사 등으로 일찍 끝났다고 해서 친구들과 놀다 들어간 적이 단 한 번도 없었다. 또래 친구들이 한 번쯤 해 봤을 미팅이란 것은 눈 씻고 찾아봐도 없던 게 당연지사.

한창 피 끓는 청춘에 친구들과 놀다 들어가고 싶은 마음이 굴뚝같은데. 통금시간 7시만 넘으면, 호랑이 같은 아빠의 불호령이 두려워 꼬박꼬박 그 시간을 지켜야 했다. 삼삼오오 짝을 지어 놀러 가는 친구들의 모습을 볼라치면, 이런 내 신세가 처

량하고 싫기만 했다.

아버지의 통금 7시. 그 금지령은, 내가 대학을 졸업하고 공무원 시험 준비할 때도 계속되었다. 학원 끝나고 친구들은 학원에 남거나 도서관에 가서 공부했지만 나는 해 떨어지기 전에 집에 가야 한다며, 친구들과 아쉬운 작별을 해야만 했다.

해 떨어지는 시간은 계절마다 달라 여름에는 7시가 넘어도 해가 떨어지지 않지만, 겨울에는 6시만 돼도 해가 떨어져 어두워지니, 아버지께서는 저녁 7시를 통금시간으로 정하신 것.

당시. 활화산처럼 끓어오르던 청춘의 피는 아버지의 통금 금지령도 감당키 어려웠으니. 때마침 학원 공부로 스트레스를 받던 나와 친구들은 나이트클럽에 가자고 의기투합.

통금시간이 있어 친구들에게 매번 거절했던 게 미안하기도 했다. 우리는 이른 저녁을 먹고 나이트클럽이 개장 준비를 위해 바닥에 마포질을 하는 6시부터 입장했다. 조금이라도 집에 일찍 가야 하는 나로 인한 친구들의 배려였다. 손님이라고는 우리뿐인 무대에서 춤 잘 추는 친구가 흥을 돋우고, 댄스 가수들의 춤을 흉내 내면서 신나는 음악에 몸을 맡기니 스트레스가 확 풀리는 기분이었다.

즐거운 시간은 너무나 쏜살같이 흘러갔다. 어느새 9시. 피크 타임이라 더욱 재미있을 시간이었지만, 나는 친구들과 아쉬운 작별을 하고 혼자 나와야만 했다.

집으로 돌아오는 버스 안. 강렬한 음악의 기운이 남아있어 미소가 절로 났다. 친구들과 더 긴 시간 함께하지 못한 아쉬운 마음이 들기도 전, 아버지의 불호령이 떨어질 게 분명하기에 슬슬 불안해지기 시작했다.

그럴듯한 핑계를 대야만 했다. '일단 학원에서 공부하고 왔다고 해보자.'라며 대문 앞에 도착한 나는, 당당하게 현관 벨을 눌렀다. '제발.... 아빠가 아닌 엄마가 문을 열게 도와주세요….' 내가 아는 모든 신께 간절히 기도했다.

다행히 엄마가 문을 열어 주셨다. 종종걸음으로 내 방을 향해 직진하고 있던 때, 거실을 힐끗 보니 뿔 난 아버지가 앉아 계셨다. '걸음아 날 살려라.' 나는 냅다 방으로 튕기듯 몸을 던졌다. 그리고는 방문을 걸어 잠갔다.

"너 도대체 뭐 하다 이제 들어 오는 거야?!!" 아버지의 사자후가 거실에 쩌렁쩌렁하게 울렸다. 방문 앞에서 행여 아버지가 방문을 박차고 들어오실까 봐 문고리를 부여잡고 말씀 드렸다. "하....학원에서 공부하고 왔어요!" "학원에서 왜 늦은 시간까지 공부를 시켜!!!"

아버지는 그 말을 어떻게 믿냐고, 학원 전화번호를 대라고, 호통을 치시며 방문 손잡이를 마구 흔드셨다. 기겁한 나는 학원 전화번호를 어떻게 아냐는 말로 시치미 뚝 떼고 불을 끄고는, 배 째라 하는 마음으로 아예 드러누웠다. '혹시나 내일 아버지가 학원에 전화하시면 어쩌지….' 하는 불안감으로 밤새 뒤척거리다가 잠이 들었다. 다음 날 아침. 다행히 아빠는 더는 어젯밤 늦은 귀가에 대해 캐묻지 않으셨다.

공무원 시험 합격 후. 고등학교 행정실에 약 3년간 근무할 때부터 아버지의 통금시간 원칙은 서서히 금이 가기 시작했다. 인천시교육청으로 발령 난 후, 매일 이어지는 야근으로 인해 통금시간 7시를 지키기 더더욱 어려워졌다. 야근할 때도 많았지만 친구들과 놀다 들어가고 싶을 때도 아버지께 야근하고 늦었다고 둘러대기도 했다. 아버지께는 비밀이지만 말이다.

여동생 둘은 언니인 나보다는 통금시간에 조금 자유로웠다. 딸 부잣집 첫째 딸인 내가 모범적인 생활을 해야 동생들도 보고 배우며 큰다고 생각하신 건지, 나한테는 그냥 넘어가지 않던 통금시간도 동생들한테는 부드럽게 넘어가시곤 하셨던 통금시간 7시.

결혼하고 나도 부모가 되고 나서야 아버지가 왜 그렇게 늦게 다니지 말라고 걱정하셨는지 이해가 되었다. 자식이 아무리 성인이 되어도 걱정되는 건 어쩔 수 없는 게 부모의 마음. 오죽하면 육십이 넘은 자식도 노모에게는 그저 어린아이같이 보인다는 말이 있을까.

이제는 내가 내 자식들에게 너무 늦게 다니지 말아라, 왜 늦게 들어오느냐 잔소리를 늘어놓고 있다. 아버지처럼 통금시간 7시는 아니지만, 나도 모르게 아들들의 귀가 시간 체크를 하니 말이다.

아버지의 7시 통금은 단속이라기보다는, 울타리가 되어주시려 했던 딸을 향한 아버지의 사랑이셨을 게다. 하지만 내 자식들은 나보다 조금쯤은 더 자유롭게 살았으면 좋겠다. 통제로 인해 수동적으로 움직이는 인간이 아닌, 스스로 자신을 통제할 줄 아는 자율적인 사람으로 말이다.

나도! 나도!

삼대가 떠나는 가족여행이 올해로 10년째다. 그 시작은 2013년 여름이었다. 그 해. 여름휴가는 강원도 정선으로 가자며 남편이 다니는 회사에, 직원 하계휴양소를 신청했다. 운 좋게 당첨되었다. "엄마가 여행 좋아하시니까 함께 모시고 갈까?" 친정엄마를 모시고 가자는 내 말에 남편도 흔쾌히 찬성했다.

엄마께 말씀드리니 정말 좋아하시며 동생들도 같이 갔으면 좋겠다고 하셨다. 그런데 문제가 생겼다. 당첨된 리조트는 33평으로 정원이 5명뿐 이었으니, 삼대가 먹고 자기엔 턱없이 부족한 게 아닌가.

모두 결혼한 우리 4남매의 아이들은 초등학생 한 명에 유치원생 꼬맹이가 네 명이었다. 올망졸망 총 다섯이나 되니, 이 꼬맹이 군단을 이끌고 '감히 언덕을 비비겠는가.' 했던 내 생각은 오산이었다. 당연히 거절할 줄 알고, 엄마의 청이니 한 번 물어보기라도 해야 할 것 같아 전화했더니. 내 말이 끝나기도 전에, "나도, 나도." "언니~, 우리도 갈게", "누나~, 휴가 언제 내면 돼?" 붕어가 떡밥을 물 듯 줄줄이 끌려오는 게 아닌가.

그렇게 숙박 인원은 졸지에 다섯 명에서 세 배가 되는, 열넷으로 삼대가 출동하게 생겼으니…. 이걸 어쩐담!

숙소를 더 알아보기 위해 여기저기 전화를 돌렸지만 허사였다. '이것들, 적당히 거절이란 것도 좀 하지. 눈치 없기는!' 그런 생각을 하며 무조건 33평 리조트에서 삼대가 먹고 자야 할 일이 슬슬 걱정되기 시작했다.

급하게 동생들에게 전화를 돌렸다. 다행히 온돌방이니 거실까지 이불을 빼곡하게 깔면 잘 수 있지 않겠냐는 의견에 부족한 이불은 각자 집에서 가져가기로 했다.

부족한 건 그뿐이 아니었다. 밥그릇 수저 등은 일회용으로 사고. 고기도 한번 구워 먹어야 하니 가위랑 집게도 추가로 짐가방에 넣고. 5인이 정원인 숙소에, 있는 밥솥도 5인분이 분명

할 터. 밥솥 또한 턱없이 부족할 게 뻔했다. 대형 전기밥솥도 챙기고 간단하면서도 맛있게 먹을 수 있는 카레와 삼계탕도 끓여 먹기 위해 들통까지 준비 완료.

눈코 뜰 새 없이 준비를 마쳤을 즈음. 마침내 여행 당일이 되었다. 인천에 사는 둘째네와 우리는 이른 새벽에 출발하기 위해 엄마네 집 앞에 모였다. 평소 엄마는 친구분들과 여행 가실 때 첫날 드실 음식을 만들어 가시곤 하셨는데, 그날도 여지없이 똑같은 준비를!

식어도 맛있게 먹을 수 있는 찰밥, 김치, 김. 삶의 지혜로 터득하신 비법을 몽땅 때려 넣으시는 정성까지 더하신 도시락이었다. 스테인리스 김치통에 한가득 담은 찰밥은 점심까지 먹고도 남을 양. 여행가면서 맛있는 걸 사 먹는 재미도 있어야지, 이걸 언제 다 먹냐고 투덜대며 차에 싣는데. 엄마께서는 내 뒤통수에 대고, 다 먹으니 걱정하지 말라는 말뿐. 탈도 많고, 말도 많던 준비를 끝내고 드디어 목적지인 강원도 정선으로 출발했다.

우리 4남매는 각자의 차로 오며 휴대폰 통화 후, 중간 집결지인 고속도로 휴게소에서 만나 아침을 먹기로 했다. 드디어 엄마의 전공이 꽃을 피울 차례. 엄마는 기다렸단 듯이 공터에 돗자리를 펼치고 준비하신 음식들을 그 위에 차려놓기 시작하셨다.

엄마가 싸 온 도시락을 보며, '휴가철이라 사람들이 복작대는 곳에서 이걸 어찌 먹는담.' 다들 난감해하는 눈치들이었다. '길바닥에 돗자리 깔고 밥을 먹다니…. 엄마, 제발!' 외치고 싶었지만, 나는 입을 꾹 닫았다.

얼른들 앉으라는 엄마의 성화에 우리는 엄마의 도시락을 가운데 두고, 삼대가 빙 둘러앉았다. 분위기에 휩쓸려 나도 엉거주춤 앉았다. 나와 동생들 내외, 아이들까지 한 입 두 입 서로의 눈치를 보며 먹다가, 엄마표 도시락 맛에 빠져 숟가락은 멈출 줄 몰랐다.

든든한 길바닥 아침을 먹고 우리는 정선에 있는 숙소로 향했다. 리조트는 산속에 자리 잡고 있어 어른부터 아이까지 품에 안을 듯 자연경관이 푸근했다.

남은 관문이 있었다. 체크인을 하고 숙소로 들어가야 하는데, 5인실 숙소에 14명이 들어가야 하니, 안내데스크 직원 몰래 들어가야만 했다. 시간 간격을 두고 입실하는 방법 외에는 도리가 없었다. 짐도 한 번에 옮길 수 없어 나눠서 이동해야만 했다.

첩보영화를 방불케 하고 무사히 숙소에 입실. 거실이며 방이며 짐과 삼대가 꽉꽉 들어찼어도 이만하면 충분히 잘 수 있겠다며 다들 좋아하니 왠지 뿌듯한 마음이 들었다.

우리 가족은 점심도 엄마의 찰밥 도시락으로 해결하고, 아이들이 제일 좋아하는 물놀이를 하며 오후 시간을 보냈다. 저녁에는 리조트 내에서 주최하는 무료 콘서트를 관람하기 위해 부지런히 식사를 끝내고 잔디광장으로 향했다.

인기가수가 나오는 콘서트라 그런지 인산인해를 이루었다. 우리 가족은 아이들 손을 꼭 잡고 가수를 조금이라도 가까이 보려고 사람들 사이를 비집고 앞쪽으로 들어갔다. 적당한 자리에 서서 희희낙락 한참을 공연에 빠져 있었다. 그런데 갑자기 둘째 여동생이 두리번거리더니 조카가 안 보인다는 것이다.

넋이 나간 동생은 울며불며 허둥지둥 제부와 함께 근처에 있는 안전요원에게 아이를 잃어버렸다고 도움을 요청하러 갔다. 이미 사색이 된 엄마께 남아있던 아이들 손을 건네고, 우리 형제들은 뿔뿔이 흩어져 잃어버린 조카를 찾기 시작했다.

사람들이 많아 정신이 없긴 했어도 분명히 손을 잡고 있었던 것 같은데. 어디서 손을 놓친 건지 알 수 없으니, 속이 바싹바싹

타들어 갔다. 한참을 정신없이 찾고 있는데 여동생한테 전화가 왔다.

"언니! 찾았어!" 조카를 찾았다는 것이다. 너무 다행이다 싶어 부리나케 엄마와 아이들이 있는 곳으로 가보니, 여동생이 조카 손을 꼭 잡고 있었다. 혼자 울면서 엄마를 찾아 헤매고 있던 조카를 안전요원이 발견하고 동생에게 연락해 준 것이었다.

조카는 정신없이 엄마를 따라가다 잠깐 손을 놓은 사이에 엄마를 놓친 것 같았다. 찾았으니 다행이라며 다독여주고 나니 가수들의 공연이 끝나고 불꽃놀이가 시작되었다. 펑! 펑! 터지는 불꽃을 보면서, 아이를 찾지 못했으면 우리 마음속에서 터졌을 불꽃이 밤하늘을 아름답게 수놓고 있음에 감사하며 감상했다.

2박 3일의 휴가는 금방 지나갔다. 비록 숙소에서는 식탁이 작아 교대로 밥을 먹거나 방바닥에서 먹고, 방도 부족하여 거실에서 잠을 잤지만 첫째 날의 아찔함을 빼고는 모든 것이 만족스러웠다.

여행계획을 세울 때면 아이들은 항상 우리 가족만 가는 건지 사촌들과 가는 건지를 꼭 확인한다. 우리 가족만 가는 건 재미없다며 사촌들과 같이 가기를 원한다. 핵가족 시대에 사촌과 사이좋게 지내는 건, 자칫 외롭게 자랄 수 있는 아이들에게 형제자매를 더 만들어주는 역할을 하니 이보다 더 좋을 순 없다.

벌써 10년이란 세월이 흘렀다. 삼대가 함께 했던 그때의 첫 여행을 계기로 우리 가족은 매년 여름휴가를 가족 행사처럼 이어오고 있다. 우리 4남매가 화목하고 돈독하길 바라는 엄마의 바람대로 말이다. 언젠가 우리 4남매가 노년기에 접어들고 자녀들이 가정을 꾸려도 복닥복닥한 가족여행이 계속되기를 소망한다.

"우린 일이 있어 못 가는데…." 이런 군말 한마디 달지 않고, 가족여행 얘기만 나오면 동생들은 일제히, "나도! 나도!"를 외치니 가능하지 않을까.

간혹가다 언론 매체나 주변을 통해 여러 가지 집안 문제를 두고 형제들과 남보다 못한 사이가 되는 사연을 접하게 된다. 그럴 때면 안타까운 마음과 함께 우리 4남매들에게 고마움마저 느끼곤 한다. 그 어떤 이유를 막론하고 형제간의 불화는 부모님께 커다란 상처로 남을 수밖에 없는 일이기 때문이다.

마음의 상처가 그 누구보다 가족에게 받았을 때 가장 깊고 아픈 것처럼, 그 치유 역시 가족의 힘이 가장 큰 것은 아닐까.

유인자

프로필

경력 인천광역시교육청 지방교육행정사무관 (31년 재직중)

근무 인천광역시교육청 주안도서관 관리과장 근무

학력 한국교원대학교 교육정책전문대학원 석사

논문 인천 원도심학교 유휴시설 활용방안에 관한 인식도 조사 연구
(생활SOC사업과 연계한 학교시설 복합화를 중심으로)

활동 인천광역시교육청 교육행정 정책연구회 회원
인천광역시교육청 교육행정 정책연구회 글쓰기 동아리 '글힘(2023~현재)' 회원

E-Mail dbdlswk89@naver.com

|작품|

1. 결핍이 내게 선물한 것들
2. 모전자전
3. 나의 버킷리스트

결핍이 내게 선물한 것들

세계 명작동화 전집과 바비인형. 두 물건은, 나의 어린 시절 들판에서 본 아지랑이처럼 아련한 추억으로 다가온다.

나와 동년배인 1960년대생들이 그렇듯 그 시절은 가정형편이 넉넉지 못했다. 도시에서 나고 자란 나는, 기본적인 의식주 생활이 부족하다고 느끼지는 않았다. 그렇다고 하고 싶은 것이나, 갖고 싶은 것들을 모두 가질 수 있던 시절도 아니었다.

초등학교 4학년 때인 걸로 기억된다. 동네 친구 집에 놀러 가보니, 계몽사에서 나온 50권짜리 세계 명작동화 전집이 보무당당 뽐을 내며 책장에 빼곡히 꽂혀 있었다. 친구와 놀면서도 나의 시선은 자꾸만 책장으로 향했다. 얼마나 그 친구가 부러웠던지…….

집으로 돌아온 나는 엄마께 책을 사달라고 며칠을 졸라댔다. 그 좋아하던 밥도 거른 채, 엄마 치맛자락을 부여잡고 울고불고 떼를 부렸다. 그렇지만 엄마는 끝내 사주시지 않으셨다.

며칠을 고민하다 방법을 생각해낸 끝에, 친구 집에 매일 놀러 가서 그 책들을 읽는 것으로 대리만족했다. 소공녀, 소공자, 작은 아씨들, 이솝우화 등을 시간 가는 줄 모르고 얼마나 재미있게 읽었던지. 나중에 보니 책 주인인 친구보다, 빌려서 본 내가 더 많이 읽었던 것 같다.

그 시절 결핍이 계기가 되어서 그런지 지금도 꾸준히 책을 읽고 기록하는 습관을 갖게 되었다. 또한 보고 싶은 책이 있으면 일단 사두는 버릇도 생겼다. TV 어느 매체에서 김영하 작가님 말씀이 기억난다. "책은 읽을 책을 사는 게 아니고 산 책 중에 읽는 거예요"라고. 이런 대 작가에게도 나와 비슷한 습관이 있으시다니 동질감이 느껴지기도 한다.

성인이 되어 생각해 보니, 엄마에겐 사주지 못하신 이유가 있으셨다. 당시 그 책이 상당히 고가이기도 했고, 언니와 오빠는 이미 중고등학생인데다, 내가 막내다 보니 내리 읽힐 동생도 없는 터라 그러셨던 모양이다.

엄마는 끝내 마음에 걸리셨던지, 큰 수술을 받고 마취에서 깨어나시는 순간에도, "우리 막내 동화책 사줘야 하는데…."라시며 눈시울을 붉히셨단다. 어린 자식이 책을 읽고 싶은 마음에 몇 날 며칠을 떼를 썼으니, 오죽 마음에 걸리셨으면. 그 일을 생각하면 지금까지도 죄송한 마음이 크다.

내게 또 다른 결핍이었던 물건은 바비인형. 어려서 바비인형을 유난히 좋아했기에, 명절에 받은 세뱃돈을 몽땅 털어 인형을 사가서 엄마께 심한 꾸중을 듣기도 했다. 그래도 갖고 싶던 걸 가졌으니 행복했던 기억이 지금도 생생하다.

인형을 갖고 나니 한 벌뿐인 옷이 신경 쓰였다. 이번에는 인형의 옷이 갖고 싶어졌다. 하지만 돈은 없고, 인형을 사며 엄마께 된통 혼이 난 상황에 인형 옷까지 산다고 했다가는 더욱 크게 혼날 게 불을 보듯 뻔했다. 그래서 생각해 낸 게 손뜨개로 인형 옷을 만드는 거였다. 어릴 적부터 엄마가 손수 떠주신 뜨개옷을 나에게 입혀주곤 하셨다. 어깨너머로 배운 뜨개질 솜씨로 내가 직접 인형에게 옷을 떠서 입히며 가지고 놀았다.

그 후로 뜨개질은 나의 취미가 되었다. 수준급은 아니지만, 도안을 보고 가방, 목도리, 모자 등을 떠서 주위 분들에게 선물할 수 있을 정도의 실력은 되는 듯하다.

인형 옷을 사지 못했던 결핍 덕에 지금도 고민이 있거나 생각을 정리할 일이 있을 때면 뜨개질을 하곤 한다. 단순 반복 작업이지만, 이 일을 하는 순간들은 마음이 편안해지면서 생각도 함께 정리되곤 한다.

뜨개질은 인생살이와 많이 닮았다는 생각이 든다. 잘못 뜬 곳이 발견되면 즉시 풀고 다시 떠야 한다. 그냥 지나가면 완성하고 나서 잘못된 부분만 보이고 내내 마음에 남는다. 살아가면서 잘못된 일을 간과하면 그 부분이 생각나고 후회되듯이 말이다. 인생은 뜨개질처럼 풀고 다시 시작할 순 없지만, 반성하고 실수가 반복되지 않도록 해야 한다는 의미에서 같다고 생각하게 되었다.

이렇게 어린 시절 느꼈던 결핍감을 해소하려는 과정에서 생겨난, 독서나 뜨개질 덕에 평생 즐길 수 있는 취미가 생겼다. 읽고픈 책을 사두는 습관과 뜨개질을 하면서 목, 어깨 통증 등의 부작용도 생겼지만 말이다.

결핍이 있다고 해서 그것을 평생 갖고 가는 것은 아니다. 나 자신이 결핍을 느끼고, 결핍된 것을 채우기 위해 끊임없이 무언가를 해 나가는 과정 중에 해소되기도 하고, 부수적으로 평생 즐길 수 있는 취미나 좋은 습관이 생겨나기도 하기 때문이다.

우리는 때때로 '결핍'을 그저 부정적인 단어로만 생각하는 경향이 있는 건 아닐까. 생각에 따라 그것이 선물이 될 수도, 평생 전전긍긍하는 말 그대로 '결핍'으로 남아 불행으로 생각하는 것은 아닐까 싶다. 나에게 있어 결핍이란, 자신에게 준 선물과도 같은 것이었는데 말이다.

모전자전

남편의 한결같은 자상함은 어디에서 온 것일까? 그것은 시어머니에게서 비롯된 것! 모전자전이 아닐까 싶다.

남편과는 직장 선배의 소개로 만나 내 나이 서른다섯에 결혼했다. 남편은 첫 만남 시에 그다지 호감 가는 스타일은 아니었지만, 우연인지 필연인지 또다시 만나게 되었다.

첫 만남 이후. 주말에 집 근처 가까운 공원에서 보자고 했던 남편 손에는 보온병이 하나 들려 있었다. 커피를 타서 가지고 온 것. 커피라면 사족 못쓰던 나는 그 자상함에 끌려 계속 만남을 이어갔다. 이후로도 남편은 만날 때마다 보온병에 정성스레 커피를 타가지고 왔다. 나는 때때로 분위기 좋은 카페에서 커피를 마시고 싶었지만, 번번이 만날 때마다 그런 남편이 한편으로는 그 정성에 고맙기도, 한편으로는 아쉽기도 했다.

그렇게 남편과 만남을 이어가던 중. 대관령 양떼목장으로 기차여행을 가게 되었다. '설마하니 또 보온병을 들고 오지는 않겠지?!' 궁금 반 걱정 반으로 남편과 약속한 장소에서 만났다. 그런데 이 남자가 그날은 큼지막한 가방을 메고 나를 반겼다.

기차에 오르면서도 나는 연신 이 남자의 묵직한 가방에 신경이 갔지만, '그 정도는 아니겠지, 아니어야 해!'라는 이상한 신뢰감마저 들던 찰나였다. 기차 좌석에 앉자마자, 이번에는 보온병뿐만 아니라 가방 안에서 주섬주섬 종이로 감싼 포장지를 꺼내더니 쫘악 펼치는 게 아닌가.

반짝반짝 윤기 나는 삶은 달걀 10개!! 순간, '헉-' 나는 속으론 놀란 가슴을 진정시키려 애썼다. 기다렸다는 듯이 탁! 의자 모서리에 삶은 달걀을 내리치는 이 남자, 차암(참) 열심히도 까신다. 소금까지 찍어 내게 내미는 이 남자! 가져온 성의를 생각해 열심히 볼이 미어터지게 먹었지만, 까주고 또 까고, 또, 또 까고…. '삶은 달걀 먹다 목 막혀 초상이라도 치러야 정신 차리려나….'라는 생각이 들 즈음. 나도 모르게 또 까서 내미는 이 남자의 달걀 앞에다 대고 무한 반복 손사래를 치고야 달걀 파티는 끝이 났다.

잔뜩 먹은 삶은 달걀로 속은 부글부글. 앞으로 삶은 달걀 얘기만 나와도 진저리치겠다는 생각이 들 무렵. 우리는 여행을 마치고 저녁을 해결하기 위해 기차역 근처 식당에 갔다. 해장국을 주문했다. 뜨끈한 국물을 먹고 나면 '속 좀 풀리겠지….'라고 생각할 때, 이 남자 갑자기 차갑게 식어버린 남은 달걀을 정성스럽게 까서 내 뚝배기에 톡! 밀어 넣는 게 아닌가!! 일순 당황했다. 욱! 하는 감정마저 올라왔다. 하지만 만난 지도 얼마 안 된 때라 억지 미소를 예쁘게 짓고는 꾸역꾸역 식어 빠진 달걀을 눈물로 삼키는 수밖에.

결혼 후. 남편의 '배려심 깊은(?) 모습'은, 시어머님의 모습이란 사실을 알게 되기까지 그리 긴 시간이 필요치 않았다.

시어머님은 아무리 가까운 곳이라도 여행 갈 때마다 음식을 바리바리 챙겨서 가셨다. 최소한의 짐만 챙겨, 조식이 있는 숙소를 잡고 여행지의 맛집을 찾아다니는 나에게는 생소한 일이었다.

태국 푸켓 섬으로 가족여행을 간 일이 있었는데, 그때도 예외는 아니었다. 여행이 약속된 며칠 전부터 시어머님은 시장과 마트를 돌아다니시며, 음식 장만에 열을 올리셨다. 여행 일정으로 내가 한 번씩 전화를 드리면, 시장 봐야 하니 바쁘시다는 말씀뿐 이셨다. 설마 했던 나의 예감은 적중했다.

우리 가족은 비행기 탑승 예정 시간보다 일찍 공항에 도착했기에 모두 아침 식사 전이었다. 뻔히 알고 계신 시어머님은 공항 로비 한 모퉁이에 진을 치시고는, 장만하신 음식들을 쭈욱 펼쳐 놓으시는 게 아닌가! 우리 가족은 너나없이 슬슬 눈치들을 보면서도 어쩔 수 없다는 기색으로 빙 둘러앉았다. 우리 집 대장이신 시어머님의 자식들 끼니 챙기기 작전이 아닌가. 반기를 들 자 아무도 없으니.

공항 로비 바닥에 철퍼덕 앉아 어머님이 챙겨오신 음식으로 끼니를! 사람들이 지나갈 때마다 쥐구멍이라도 있으면 숨고 싶었지만, 그 와중에도 음식이 꿀맛 같았던 걸 보면 창피함과 입맛은 사돈에 팔촌 벌쯤 되나 보다.

얼마 전. 어버이날을 맞아 시부모님을 모시고 제주도로 가족여행을 가게 되었다. 공무원인 나는, 일이 생겨 함께하지 못해 죄송한 마음이 들었다. 고민 끝에 출발 전날 시부모님을 모시고 점심 식사를 대접했다. 식사 자리에서 어머님은 심각한 표정을 지으며 말씀하신다. “물김치를 싸 가야는데 우야면 좋겠노?” ‘올 것이 왔구나.’라는 생각이 들었지만, 최대한 성의있게 말씀드렸다. “액체류라 수화물로 부치셔야 하지 않을까요?” 그렇게 대꾸해 드렸지만, 걱정이 슬슬 밀려왔다. ‘물김치는 국물이 샐 수도 있고 냄새가 심할 텐데….’ 이번에도 음식을 한 트럭 가져가시려나 보다.

아니나 다를까. 여행에서 돌아온 남편은 몹시도 피곤해 보였다. “여행은 어땠어? 재미있었어?” 묻는 내게, 돌아온 남편의 대답은 놀라웠다. “말도 마. 음식을 어마어마하게 갖고 가서 엄청나게 고생만 했어. 물김치 한 통, 열무김치 한 통, 밑반찬 다섯 통, 냉동시킨 회, 과일, 육포에 삶은 달걀 40개….” ‘냉동시킨 회? 삶은 달걀 40개?’

3박 4일 여행 기간 중, 제주도 현지 음식은 흑돼지구이와 보말국수 단 두 번뿐! 게다가 숙소에서 음식을 하기 위해 마트에서 장 본 것까지 보태지는 바람에, 여행에서 돌아올 때는 짐이 배는 늘었다고 했다.

어머님도 남편도 어쩜 그리 똑 닮았는지…. 외모부터 행동까지 겹쳐 보일 때가 있어 웃음이 날 때가 많다. 어머님은 여행 갈 때마다 입버릇처럼 말씀하신다. "나가서 먹을 게 뭐 있노? 돈만 아깝제."

내 나이 오십이 넘고 자식을 낳고 길러보니, 어머님 마음을 이제는 알 것 같다. 자식들 입에 당신이 만든 음식을 넣어 주고 싶고, 나가서 돈을 많이 쓰면 자식들이 그걸 메꾸느라 몇 달은 뼈 빠지게 고생할 것을 알기에 그러시는 거라고. 하지만 남편까지 여행지에 음식 보따리를 바리바리 싸 들고 가는 건 어떻게 이해해야 할까? 모전자전이라고 할 수밖에.

우리나라 매년 음식물 쓰레기양은 600만톤에 이른다는 기사를 본 적이 있다. 어디선가 굶주리는 사람들이 있다고 생각한다면 되짚어 볼 문제다. 음식물 쓰레기를 줄이기 위해서는 우리 모두의 노력이 더해져야 할 부분은 아닐까.

두 모자께 외치고 싶다. "어머님 그리고 남편님아! 앞으로는 여행 가서 맛난 거 사 먹고 싶어요~ 세상은 넓고 맛집은 많으니까요! 경제도 한 바퀴 돌리고, 음식물 쓰레기도 줄이자고요!!"

나의 버킷리스트

"너~ 참~ 대단하다~"는 시어머님의 말씀을 뒤로 하고 2019년 6월 28일 남미를 향해 출발했다. 초등학교 6학년생 딸아이를 시부모님께 부탁하고 떠나려니 시어머님께서 농담 반 진담 반으로 던지신 말씀이다. 미안함과 섭섭함이 교차하는 순간이었다. 그렇지만 남편의 든든한 지원으로 무사히 출발할 수 있었다. 내 나이 오십에 떠났던 남미 여행은 인생의 중간지점에서의 쉼표이자 중간정산의 의미였다.

페루, 볼리비아, 칠레, 아르헨티나, 브라질 5개국의 주요 여행지를 돌아보는 강행군이어서 준비과정이 만만치 않았다. 장시간의 트레킹 코스와 고도 5천 미터까지 올라가야 하는 일정이 있어 체력 훈련을 해야 했고, 각 나라의 특징상 예방접종 주사도 몇 가지 맞아야 했다.

여행이 결정된 날부터 체력 훈련에 돌입했다. 아침, 저녁으로 1시간씩 집주변 공원을 매일 걸었고, 주말마다 청량산을 등산했다. 그 덕에 체력이 몰라보게 좋아졌고, 덤으로 10kg의 체중이 줄어 몸도 가뿐해졌다.

나의 버킷리스트! 남미로 가기 위해, 설레는 마음을 안고 인천공항으로 향했다. LA를 경유해 지구 반대편에 있는 페루까지 20시간을 날아갔다.

첫 목적지인 페루 리마 공항에 도착했을 때, 현지 음식이 입에 맞지 않을 것 같아서 장아찌를 진공포장 해서 가져온 일행이 있었다. 짐이 무거워 다른 일행의 배낭에 장아찌를 맡긴 상황이었다. 장아찌의 큼큼한 냄새를 맡은 마약 탐지견으로 인해, 결국 장아찌는 공항 직원에 의해 압수당하고 말았다. 여행 중에도 한국 음식이 그리울 때면 뺏긴 장아찌 생각이 너무도 간절했다.

기차를 타고, 총 길이 2~3만 킬로 중 일부라는 잉카트레일에 도착. 8시간의 트레킹으로 가까이 다가가 마주했던 마추픽추.

2,400m의 높은 산에 세워진 마추픽추는 과연 페루의 잃어버린 공중도시라 할 만했다. 페루인들은 왜 이토록 정교하게 잘 만들어진 도시를 꽁꽁 숨겨 놓았을까? 라는 궁금증과 함께 평생 잊지 못할 기억으로 남는 곳 중 하나가 되었다.

페루와 볼리비아 접경에 있는 티티카카 호수는, 해발 4,000여 미터인 고원에 위치. 세계에서 가장 높은 데 있는 호수라고 했다. 거기다 항해가 가능할 정도라니. 이름만 호수이지 끝없이 펼쳐진 높푸른 바다와 같은 비경에 감탄이 절로 나온다. 깊고 푸른 빛의 바다를 닮아 있어서 그렇게 보인 건지도 모르겠다.

볼리비아는 고산지대에 위치해서인지 수도인 라파스에 도착했을 때부터 숨이 차고 머리가 멍했다. 안데스 트레킹의 꽃이라는 와이나포토시는 6,088m의 높이였는데, 이중 베이스캠스(4,800m)에서 캄포 알토(5,130m)까지 오르는 왕복 4시간의 트레킹 코스를 완주했다. 가이드는 세 걸음 걷고 한 번씩 숨을 고르라는 조언을 해 주었는데, 그렇게 하지 않았으면 완주하지 못했을 것 같다.

가장 기대했던 우유니는 세계 최대의 소금사막으로 경기도 전체면적을 능가하는 규모. 끝이 안 보이는 하얀 소금사막으로 펼쳐진 우유니는 처음에는 걸어서 이동하는 코스도 있었는데, 길을 잃어 행방불명된 관광객이 있었단다. 그 사건 이후로는 지프차를 타고 이동한다고 했다.

해질녘 소금 채취 장소에 나가서 아름다운 노을을 보며 마셨던 와인 한잔은 피곤한 몸 구석구석 혈관을 돌아 짜릿하게 해주는 환상적인 맛이었다.

소금사막에서 소금을 채취하여 판매한다고 해서, 가족들과 지인들에게 나눠주려고 30개를 샀다. 그때는 소금으로 인해 문제가 생길 거라고는 상상도 하지 못했다.

볼리비아에서 칠레로 가기 위해서는 육로로 국경을 통과해야 했는데, 짐 검사가 까다롭기로 유명하단다. 검색대에서 한 명 한명 캐리어를 열어 꼼꼼히 검사했다. 내 캐리어에서 하얀 가루인 소금을 마약으로 오인해, 검색 대원이 나만 따로 불러세웠다. 다행히 가이드가 발견해서 세관 직원에게 한참을 설명한 후에야 검색대를 겨우 통과할 수 있었다. 하마터면 머나먼 타국에서 학교(?)에 갈뻔한 사건이어서 지금 생각해도 아찔하다.

결국 우유니 소금은 가져오지 못했다. 무겁기도 했지만, 천

일염으로 유명한 우리나라에서는 쓸모없어 보였다. 양치할 때 쓰라고 일행에게 나눠주고 남은 건 버렸다.

칠레의 수도 산티아고 시내를 돌아보고, 아르헨티나의 부에노스에서는 몸으로 쓰는 시라 불리는 탱고 쇼를 보았다. 쇼가 끝나고 나는 남자 무용수와 탱고 추는 포즈를 취하고 사진을 찍었다. 무용수의 탱고복 차림과 청바지에 스웨터를 차림의 내 모습이 이질적으로 보여 우스꽝스러웠다. 사진을 보며 다음부터는 돈 주고 사진 찍지 않는 것으로 마음을 굳혔다.

여행의 막바지 코스. 세계 3대 폭포라는 이과수 폭포를 보기 위해 이동했다. 아르헨티나와 브라질 양측에서 모두 볼 수 있다고 했다. 브라질 쪽에서 보는 이과수 폭포가 정적이라면, 아르헨티나 쪽에서 보는 이과수 폭포는 다이나믹해 마치 폭포의 내면으로 들어가는 경험을 한다고 했다.

아르헨티나 쪽에서는 스피드 보트를 타고 '악마의 목구멍'이라 불리는 폭포의 안쪽을 통과하는 경험을 했다. 비옷과 모자를 쓰고 물을 맞지 않기 위해 만반의 준비를 했지만, 우리 일행 모두는 옷이 몽땅 젖어버렸다. 다른 나라 관광객들은 그런 우리 모습을 보며 깔깔댔다.

악마의 목구멍을 통과한 후, 거대한 물보라가 하늘 높이 치솟아 오르고, 그 뒤로는 평소에는 보기 힘든 오묘한 쌍무지개가 떴다. 그 광경은 명화를 방불케 했다.

브라질의 리우에서 코파카바나 해변을 걷고, 세계의 7대 불가사의에 꼽혔다는 예수상 관람을 끝으로 남미 여행의 일정은 마무리가 되었다.

'여행은 떠나고 만나고 돌아오는 것입니다. 종착지는 자기 자신으로 돌아오는 것, 변화된 자기로 돌아오는 것입니다'라고 했던 고 신영복님의「담론」이 생각난다.

험난한 여정과 입에 맞지 않는 음식. 일행과 의견이 맞지 않아 마음 상하는 일도 있었지만, 나 자신을 오롯이 마주할 수 있던 시간이었다.

남미 여행을 막연하게 버킷리스트로 정해 놓고 언제쯤 떠날 수 있을까 생각만 하고 있었다면 이루지 못했을 것이다. 저질러 놓고 나니, 나의 버킷리스트 하나가 이루어졌다.

그동안 살면서 망설이다 놓친 일들이 참 많았다. 아쉬웠다. 나는 남미 여행을 통해 버킷리스트를 정하고, 계획하고, 실행에 옮겼다. 실행하는 자만이 후회 없는 인생을 사는 게 아닐까 싶다. 나만의 버킷리스트 중, 그 하나를 완성하고 난 뒤 든 생각이다.

윤한진

프로필

경력 인천광역시교육청 지방사서사무관(33년 재직 중)

근무 인천광역시교육청중앙도서관 마을교육지원과장

학력 숙명여자대학교 문헌정보학과 졸업
숙명여자대학교 정책대학원 졸업 사회복지 전공

표창 2018 청렴유공 표창(훈격 인천시교육감)
2021 모범공무원 표창(훈격 국무총리)

활동 2022~2023 인천시교육청 청렴교육 강사

E-Mail hj16@korea.kr

|작품|

1. 배려와 나눔
2. 낳은 정보다 기른 정
3. 숲테라피

배려와 나눔

학교 교육 시, 혹은 TV 광고에서 '배려와 나눔'을 가르치는 캠페인을 접한다. 1960년대 후반에 태어난 나의 어린 시절은, 대가족이어서 형제자매끼리 혹은 이웃과 부대끼며 배려와 나눔을 체화했다. 그러나 나의 세대는 자녀를 적게는 하나, 많아야 둘을 넘지 않게 낳았다. 그래서일까? 물질적으로는 풍요롭지만 대부분 멘탈Mental이 약하고, 이기심이 강한 요즘 아이들을 보면 마음이 어두워지곤 한다.

우리 아이들만 봐도 그렇다. 두 아들 녀석 모두 학교는 그럭저럭 다니지만, 스스로 방을 청소하고 주도적으로 무엇을 해 나가는 것은, 나의 세대와는 확연히 다른 모습을 보인다. 본인의 방을 청소하거나 옷을 빨아 입는 경우는 거의 없다. 또한 우리 세대는 가족이 둘러앉아 밥을 먹을 경우, 어르신이 먼저 숟가락을 들어야 먹었는데, 아이들은 따로 먹는 것을 좋아한다.

더욱이 핸드폰의 발달로 각자의 방에서 자신만의 방식으로 시간을 보내는 경우가 많다. 그래서인지 타인에 대한 '배려와 나눔'이 있던 나의 어린 시절이 종종 그리워지곤 한다.

1970년대던 나의 어린 시절. 우리 집은 충북 중원군 노은면에(현재는, 충북 충주시 노은면으로 개편)살았다. 부모님께서 정미소를 운영하셨기에, 이른 새벽부터 가족 모두 분주했다. 다른 집이라면 대부분 잠들어 있을 시간. 어머니는 동이 트기 전, 제일 먼저 일어나셔서 새벽참을 만드셨고, 다른 식구들은 5시가 되기 전에 일어나 새벽참을 맛있게 먹었다.

우리 가족이 부지런해야만 하는 이유는, 도정을 위해 벼를 맡긴 사람들이 하룻밤 전에 우리 집에 머물며 볼일을 본 후, 농사를 지으러 가야 했기 때문이다. 손님들 시간에 맞추기 위해, 그분들과 함께 새벽참을 먹어야 하니 저절로 부지런할 수밖에.

딸 여섯에 아들 하나인 우리 7남매 모두가 새벽부터 복작댔던 건 아니었다. 맏이인 큰언니는 시골에 중학교가 없어 일찌감치 도시로 유학 갔다. 둘째인 오빠는 말은 제주도로 보내고, 사람은 서울로 보내야 한다는 아버지의 신념에 따라 고모가 계신 청주에서 학교에 다니고 있었다. 그렇게 집에 남은 다섯 자매가 부모님의 일손을 도왔다.

새벽참을 먹은 우리 자매들은 윗방에 큰상을 펼쳐 놓고 공부했다. 정확히 말하면 공부라기보다는 모두가 둘러앉아 숙제를 했을 뿐이다. 그리고 아침 8시 정도가 되면 아침밥을 대충 챙겨 먹고 학교에 가서 수업을 마치고 돌아왔다, 공부할 틈도 없이 바쁜 부모님을 대신하여 왕겨나 나뭇가지를 이용해 밥을 짓고 집안일을 도왔다.

그 당시에는 흰 카라가 달린 검정 교복을 입고 남색 운동화를 신고 다녔는데, 부모님의 일을 조금이라도 덜어드리고자, 교복과 운동화를 각자 빨고 다림질을 하는 것까지 대부분 스스로 알아서 했다. 이것이 집에 남은 우리 다섯 자매 하루 일과 였다.

주말이면 외지로 나갔던 큰언니와 오빠가 집으로 오는 날. 큰언니와 오빠가 버스에서 내려 거리에서 마주치기라도 하면 숫기가 없던 나는 슬쩍 고개 인사만 하고 지나칠 정도로 어색했다. 어린 생각에 집에 있던 다섯 자매와 다르게, 큰언니와 오빠는 내가 중학교 때까지 남매라기보다는 그냥 아는 사람에 불과하다고 생각했다.

셋째로 태어난 둘째 언니부터는 그나마 초·중학교 때까지 집에서 함께 생활한 덕에 대화도 하고 싸우기도 해서 그런지, 큰언니와 오빠보다는 정이 더 돈독했던 것 같다. 하지만 우리 집에서는 큰언니나 오빠, 집에서 생활하던 다섯 자매는 그 누구도 차별 없이 무엇이건 서로 나누던 게 습관이 되어있었음은 물론이다.

나눔과 배려를 자연스레 체화할 기회가 꼭 식구들에게서만 있는 건 아니었다. 평소에도 사람들이 복작대던 우리 집은, 5일장이 들어서는 3일과 8일이 끼인 날이면 절정을 이뤘다.

우리 집은 어느새 사랑방이 되어 발 디딜 틈 없이 이웃과 손님들로 붐볐다. 장날 당일이면 가마솥에 하루에 쌀 2말 정도 밥을 지어 우리 집에 모인 이웃과 손님들께 대접하시던 어머니는, 일도 하시랴 우리 집에 모인 사람들의 그 많은 식사 준비까지. 그렇게 어머니는 허리 한 번 제대로 필 짬이 없으셨다.

나는 어려서부터 어머니가 하시는 일을 옆에서 도왔기에 자연스레 많은 밥을 짓고, 여름이면 감자와 호박을 듬뿍 넣은 수제비 끓이기, 홍두깨로 밀가루 반죽을 밀어 국수 만들기, 겨울이면 흰콩을 이용해 가마솥에 넣고 푹 쑤어 청국장 만들기 등을 척척하게 되었다.

그뿐이랴. 김장철이 되면 200~300포기나 되는 배추를 절였다가 시냇가에 가서 씻어 와 이웃들과 함께 김장을 담갔다. 이렇게 많은 배추김치 외에도 총각김치와 동치미를 내 키보다 큰 독에 넣어 겨울철 내내 먹었는데, 우리 집에 방문한 사람이면 누구나 같이 나누어 먹었다. 그 많은 양의 김장이 신기하게도 2월 초가 되면 동이 났다. 이렇게 나누고 그 안에서 서로를 배려하는 마음은, 이웃이나 손님들과의 정만으로도 부족함이 없었다.

나의 중학교 시절에는 한 학년에 3학급 전교생이 총 9개 학급이 있었다. 수업료 완납 3등 안에 드는 학급은 교장 선생님께서 인센티브를 주셨기에 담임선생님들 대부분이 수업료 납부를 독촉하시곤 했다. 우린 형제자매가 일곱이다 보니, 수업료를 정해진 날짜에 낸 적이 별로 없었다. 아버지께서 집안 형편이 어렵다는 이웃의 말을 들으시면, 그 댁 자녀를 위해 우리 형제의 수업료보다 먼저 돈을 내주곤 하셨기 때문이다. 하지만 아버지의 이웃을 향한 따스한 배려에 불만을 말하는 형제는 아무도 없었다.

스승과 제자 간의 나눔은 또 어떠했던가. 중·고등학교를 다닐 때는 대부분 형편이 어려워 친구들에게 신경을 쓰지 못하고 제각기 다른 곳에 가서 학교에 다녔기 때문에 대화할 기회가 거의 없었다. 훗날 대학교를 졸업하고 시골 친구들을 만나 이야기를 해보니, 수업료가 없어 고등학교를 입학할 수 없는 형편이었는데 담임선생님께서 입학금을 내주어 학교에 다닐 수 있었다고 한다.

나 역시 중학교 때 담임선생님께 도움을 받은 적이 있다. 어머니께서 병이 나셔서 서울 병원에 보름이 넘는 동안 입원해 계셨을 때다. 선생님께서는 내게 고생한다며 사용하시던 전기밥솥을 선뜻 내주셨다. 지금도 그때의 기억이 생생하다. 제자에 대한 스승님의 배려와 나눔이.

어린 시절. 함께 살지 않아 어색하기만 했던 큰언니는, 내가 대학 다니는 내내 나의 용돈을 챙김은 물론 부모님을 대신해 셋째 언니와 나를 살뜰히 보살펴주었다. 큰언니 집에서 생활하며 우리 자매는 그 누구보다 가까운 사이가 되었다.

군 생활을 마치고 복학한 오빠 역시도 열심히 공부해 첫 학기에 장학금을 받아, 그 시절 이름만 대도 알만한 손목시계를 사서 나에게 선물로 주었다.

이렇듯 예전에는 형제자매는 물론 이웃, 스승님, 누구나 무엇이든 나누고 배려하며 살았다. 하지만 세월이 흘러 현재 우리들의 모습은 많이 달라졌다. 세대가 거듭될수록 아이들을 적게 낳다 보니, 나누고 배려하며 그 안에서 사회성을 체화하기란 쉽지 않은 것 같다

다 같이 나누고 배려하는 게 당연하던 그 시절. 나의 어린 시절이 그리워지는 것은 나만의 생각일까.

낳은 정보다 기른 정

결혼과 워킹맘이란 타이틀은, 출산과 육아에 대한 커다란 장벽이 압박감으로 다가온다. 내게도 비켜 갈 수 없는 말이다.

1993년의 일이다. 곧 첫아이 출산을 앞둔 만삭의 몸이던 나는, 태어날 아기를 돌봐줄 사람이 마땅치 않아 걱정이 이만저만이 아니었다. '4주 후면 출산인데 이를 어찌하나….'하는 생각을 매일 했으니. 그렇다고 사정 있는 친정이나 시댁이 아이를 돌봐줄 형편도 안 되었으니, 나의 걱정은 태산과도 같았다.

퇴근 무렵 어느 날. 지하철역 앞에 놓인 신문을 펼쳐보니 〈아기 돌봄〉이란 코너가 빨리듯 눈에 들어왔다. 반가운 마음에 우리 집 전화번호와 비슷한 앞자리에 동그라미를 쳤다. 집에 오자마자 조심스럽게 전화기를 돌렸다. 생각보다 젊은 목소리인 아주머니께서 전화를 받으셨다. 통화 내내 너무 젊은 아주머니란 사실에 당혹스러웠다. '그 댁 자녀들도 손이 많이 갈 텐데…. 과연 우리 아기를 잘 봐줄 수 있을까?'라는 걱정이 꼬리에 꼬리를 물었다. 조만간 찾아오라는 말씀을 듣고 전화를 끊었다.

그런 걱정으로 상념에 빠지길 여러 날. 선 듯 전화기에 손이 가지 않은 채 첫아이를 출산했다. 집에서 산후조리하며 출근을 며칠 앞두었을 무렵, 집 안을 청소하는데 전화벨이 울렸다. 왜 아기를 맡기러 오지 않느냐는 아주머니의 목소리였다. 며칠 후. 고민 끝에 출근하는 날에 맞춰 아이를 안고 우유와 함께 아기용품을 들고 아주머니댁을 찾았다.

아주머니 가족은 남편과 시어머니, 시동생, 아들, 딸까지 모두 여섯이었다. 3대가 함께 사는 댁에서 과연 우리 아이에게 얼마나 손길이 갈까…. 걱정이 앞섰지만, 당장 출근이 코앞이라 어찌할 도리가 없었다.

이때부터 맞벌이던 우리 부부의 고난이 시작됐다. 아이를 출근길에 맡기고 퇴근 후 데려오기를 반복해야 했으니 말이다. 자는 아이를 억지로 깨워 얼굴을 씻기고, 옷을 입혀 남편이 출근

할 때 아주머니댁에 아이를 데려다주고. 나는 그 시간에 아침 먹은 뒷정리를 바지런히 하고는 출근 준비해 사무실로 향해야 했다.

남편이 출장이라도 가는 날이면, 출근복을 입은 채 아이를 업어다 주고 나면 등허리에 아이 침이 하얗게 묻어있곤 했다. 거기다 퇴근길에 아이를 데리고 오는 것은 거의 내 몫이었기에, 간혹 초과근무로 바쁜 날이면 퇴근 시간이 늦어지는 내가, 남편에게 얼른 퇴근해서 아기를 데려와야 한다고 다그치는 바람에 시시비비를 가리며 심하게 다투는 일도 잦았다.

도서관에 근무하는 나는, 정상 근무 외에도 윤번제로 평일에는 6시~9시 새벽 근무를 해야 했다. 주말도 예외는 아니어서 남편이 아이를 돌보고, 남편이 일이 생기면 멀리 사는 언니들에게 아기를 돌봐달라는 면목 없는 부탁까지. 그야말로 육아 전쟁이란 말이 절로 실감 나는 날들의 연속이었다.

육아 전쟁은 멀고도 험난한 길임을 몸소 깨닫기 2년이 지날 즈음. 계획과 달리 둘째 아이를 출산하게 되었다. 한 명은 액세서리일 뿐이라는 그 누구의 말처럼, 아이가 둘이 되다 보니, 아침 식사를 할 겨를도 다림질할 짬도 나지 않았다. 아주머니댁에 큰아이를 맡기며 신뢰감이 싹텄기에, 고민 끝에 아주머니(나중에 이모님이라고 부름)가 사는 아파트 앞 동으로 이사까지 했다.

이모님은 출근 시간쯤 되면 두 아이를 데리러 와 주셨다. 큰아이 때는 ○○대학교 뒤편을 넘어 아이를 데려다주곤 했기에 무척 힘들었지만, 이모님 댁 근처로 이사한 덕에 출근 준비하는 시간을 절약할 수 있으니 한결 수월해진 셈이었다.

그런데 놀라운 사실을 묵과하고 있었다. 큰아이를 이모님 집에 맡기는 2년여 동안, 그 집 아저씨를 한 번도 제대로 본 적이 없다는 사실. 걱정이 슬그머니 고개를 들 무렵이었다. 둘째 아이를 맡기고부터 ○○에너지에 다니신다던 아저씨께서 땡! 퇴근하셔 우리 아이들과 놀아 주신다는 사실과, '아이들을 좋아하시는 분이구나….' 짐작만 할 뿐이었는데.

이모님 남편께서 ○○법원에 일을 보러 가신다기에 같이 점심이나 먹자고 해서 동행했다. 아저씨께서는 법원 주변에 온 아이들을 보자 살갑게 말을 걸기도 하고 아이들을 예뻐하셨다. 천성이 그렇지 않고서야 볼 수 없는 모습이었다. 나는 아저씨의 그런 모습을 보며, 내심 안심되었다.

그러던 중. 이모님네 가족이 3층 주택을 사서 이사를 하게 되었다. 처음에는 이모님네를 따라 이사하는 것이 번거로워 아이들을 돌볼 사람을 알아보았다. 그러나 다른 분에게 아이들을 맡길 생각하니, 이제 겨우 안정되고 있던 일상이 무너져버릴까 싶어 두려워지기 시작했다. 그렇게 우리는 이모님네를 따라 같은 건물 1층으로 함께 이사했다.

한 건물에 살고부터는 정말 가족이 되었다. 퇴근하면 같이 저녁을 먹고 나는 설거지를 담당하였다. 거실에서 아이들과 놀아 주시던 아저씨께서는 매일같이 우리 아이들에게 천 원씩을 주셨다. 주말이면 두 집이 함께 식사하고, 특별한 것이 먹고 싶은 날에는 다 같이 맛있는 외식까지. 그러다가 상점에라도 들르면 가게 주인이 아저씨께 늦둥이냐고 물으면 아저씨는 입이 귀에 걸리셨다. 부창부수라고 했던가. 이모님 부부는 똑같이 우리 아이들을 무척 좋아하고 예뻐하셨다.

이모님은 책임감이 강한 사람이다. 볼일을 보러 나가셨다가도 아이들이 학교에서 돌아올 시간이면, 어김없이 집으로 오셔서 아이들 먹을 것을 챙겨주고 나의 빈자리를 대신해 주셨다. 인정도 많은 분이다. 내가 퇴근길에 아이들을 데리러 가면, 저녁 식사 중인 경우가 종종 있었다. 밥이 모자랄 것 같으면 이모님은 찬밥을 드시고, 내게는 따뜻한 밥을 내어주시는 배려심까지.

내게도 그러실 진데, 아이들에 대한 이모님의 정과 배려는 말해 무엇할까. 비가 억수같이 쏟아지던 날. 태권도학원에 다니던 작은 아이가 싫증이 났는지, 도장에 가지 않으려고 동네를 배회할 때. 이모님은 그런 아이를 잘 달래서 3품까지 따게 하셨다.

직장 일로 바쁜 나를 대신하여 예방주사를 맞히러 가는 것은 물론이거니와, 소풍날이면 나 대신 김밥 도시락을 싸주시기까지. 아이들의 입학과 졸업식을 할 때면 같이 사진도 찍어주시고, 좋은 일이 있을 때마다 축하금과 맛있는 음식도 사 주셨다.

이런 세월을 거쳐오니 아이들이 이모님 부부를 의지함은 자연스러운 일이 되었다. 가끔 아이들이 이모님 부부와 통화하는 모습을 보면, 우리 부부보다 더한 친밀감을 느끼는 듯해 보인다.

큰아이 갓난아기부터 초등학교 졸업할 때까지. 작은 아이가 태어나 초등학교 3학년. 두 아이를 12년 동안 길러주신 이모님 부부. 그래서 이모님 가족과 우리 가족의 역사는 떼어 놓고 말할 수 없다.

맞벌이인 우리 부부가 직장생활에 전념할 수 있던 것도, 아이들이 건강하고 무탈하게 잘 자라준 것도, 이모님 부부가 계셨기에 가능한 일이었다.

간혹가다 뉴스를 보면, 입에 담기도 무서운 베이비시터의 만행을 듣곤 한다. 이런 끔찍한 경험을 한 맞벌이 부부의 심정이란 가늠조차 어려운 부분이다. 하지만 착한 사람이 더 많으니 세상이 돌아가는 게 아닌가. 우리 이모님 부부처럼 말이다.

이모님 부부는 우리 가족에게 '기른 정'이란 게 무엇인지, 몸소 실천으로 보여주신 분들이다. 그 고마움은 말로 다 형언키 어려우니 말이다.

숲테라피

출근하면서부터 퇴근 시간까지, 뭐가 그리 바쁜지…. 마음의 여유를 가질 틈이 없으니 스트레스도 쌓이고, 줄곧 컴퓨터를 활용하는 업무가 많다보니 눈도 침침하다. 매일 그러하다 보니, 안구건조증도 생기고 토끼 눈알같이 빨간 눈은 기본. 컴퓨터 앞에 오랜 시간 앉아 있으니, 어깨며 허리, 손목까지 모두 아프다.

근무시간에 소진한 심신을 달래고자, 지난해 말부터는, 하루에 2~3시간씩 꼬박 서서 서예 연습을 했더니 다리에 쥐도 나고 신체 여기저기에서 이상 신호를 보내기 시작했다. 취미라도 활동적이면 좋으련만. 책 읽기, 음악 듣기, 미술관 둘러보기, 서예 등 모두 정적인 것들 뿐이라, 아픈 곳을 이완시켜줄 만한 변변한 활동이 없다.

그러던 차. 3일간 지방자치단체에서 진행하는 '힐링아카데미'가 있다는 소식을 듣고, 혹시나 하는 마음에 신청했다. 이 프로그램은 인기가 많아 탈락자가 나오는 경우가 있다고 했다. 올해에는 운이 좋았는지 내가 선정되었다.

힐링 아카데미는, 몸과 마음을 힐링하는 좋은 프로그램으로 가득했다. 그 중, 나는 '활인심방活人心方 숲테라피'에 제일 관심이 갔다. '○○힐링 아카데미에 다녀오면 아픈 몸이 조금은 치유될까?' 하는 마음으로 그날을 기다렸다.

드디어 ○○힐링 아카데미에 참여하는 날. 6월 중순임에도 습도가 높고 무척 더웠다. 새벽부터 준비하고 서울에서 출발. 교육 장소인 ○○시에 도착하니 10시 30분! 교육 첫날이라 첫 수업이 11시 30분이니 수업 시간보다 한 시간 빨리 온 셈이다. 첫 번째로 출석부에 사인하고 주변을 둘러보았다. 초여름인 6월의 금수산은 초록색 물감이 한바탕 춤을 추고 간 자리처럼 나뭇잎들이 파릇파릇했다. 기분까지 상쾌했다.

그렇게 시간을 보내고 있을 즈음. 수업 시간이 다가왔다. 나를 포함한 교육생들은 산림치유지도사의 안내에 따라 안전사고 예방 교육을 위해 머리부터 발끝까지 기초운동을 하고 산에 올라야 하는 게 순서.

첫 순서는 4명씩 조를 이뤄 15도 경사진 나무판에 몸을 비스듬히 기대어 복식호흡을 하면서 숨을 내쉬고 들이쉼을 반복하는 것. 긴장하고 있던 몸이 스르르 풀리며 마음도 한결 편안해짐을 느꼈다. 다음 순서는, 산길을 따라 걷는 것. 수풀이 우거진 오솔길을 걸으며 주변에는 난생처음 보는 하얗게 핀 함박꽃나무, 추어탕에 넣어 향을 낸다는 산초나무가 흐드러지게 피어나 나를 반겼다.

어린 시절. 산에 가서 버섯도 따고 갖가지 식물들을 보았기에 우리나라 고유식물들에 대해 조금은 안다고 생각했건만. 각양각색의 수많은 나무와 풀들의 이름을 기억하는 데 한계가 있었다.

산길에 다녀온 후. 숲테라피에 대해 배울 차례다. 숲테라피는, 조선 시대 성리학자인 퇴계 이황 선생님이 지은 의학서적 중, 거병연수육자결去病延壽六字訣 활인심방活人心方이다. 거병연수육자결이란 여섯 글자를 소리로 내보며 병을 치료함은 물론, 장수할 수 있는 선조들의 건강 호흡법을 말한다.

활인심방은 도교의 양생사상(체질 증강으로 질병을 예방하는 동양의 전통적인 건강관리법)을 바탕으로 한 의학서적인데, 30가지 마음을 다스리는 방법(중화탕)이 아래와 같이 구성돼 있어 무척 흥미로웠다.

01. 사무사思無邪 - 사악한 일을 생각하지 말아라.

02. 행호사行好事 - 좋은 일만 행하라.

03. 막기심莫欺心 - 스스로 마음을 속이지 말아라.

04. 행방편行方便 - 편안하게 행동하라.

05. 수본분守本分 - 자기 분수를 지켜라.

06. 막질투莫嫉妬 - 샘내거나 시기하지 말아라.

07. 제교사除狡詐 - 간사하고 교활한 마음을 버려라.

08. 무성실務誠實 - 모든 일에 성실하도록 힘쓰라.

09. 순천도順天道 - 하늘의 뜻을 따르라.

10. 지명한知命限 - 자기 수명의 한도를 알아라.

11. 청 심淸 心 - 마음을 깨끗이 하라.

12. 과 욕寡 慾 - 모든 것에 욕심을 부리지 말아라.

13. 인 내忍 耐 - 모든 고통을 잘 참고 견뎌 내라.

14. 유 순柔 順 - 성질을 부드럽고 공손하게 가져라.

15. 겸 화謙 和 - 겸손하고 상냥하라.

16. 지 족知 足 - 만족할 줄 알아라.

17. 염 근廉 謹 - 청렴하고 몸가짐에 조심하라.

18. 존 인存仁 - 어진 일을 행하라.

19. 절 검節儉 - 검소하고 절제하라.

20. 처 중處中 - 지나치거나 부족하지 않게 처신을 신중히 하라.

21. 계 살戒殺 - 남을 해치거나 죽이는 짓을 삼가라.

22. 계 노戒怒 - 함부로 성내지 말아라.

23. 계 포戒暴 - 포악한 언동을 삼가고 진정하라.

24. 계 탐戒貪 - 천박한 탐욕을 내지 말아라.

25. 신 독愼篤 - 매사에 조심스럽고 독실하게 행동하라.

26. 지 기知機 - 기미를 잘 알아서 좋은 방향으로 써라.

27. 보 애保愛 - 연약한 자를 사랑하고 보호하라.

28. 염 퇴厭退 - 옳지 못한 것을 용감하게 물리칠 줄 알아라.

29. 수 정守靜 - 고요함을 지킬 줄 알아라.

30. 음 즐陰櫛 - 넌지시 남을 해치고자 하지 말아라.

이것은 의사가 치료하지 못하는 모든 병을 전적으로 치료한다. 위의 30가지 중화탕을 복용하면 '원기를 굳건히 보존, 나쁜 기운이 몸에 침범하지 못한다. 모든 병이 생기지 않으니, 오래도록 편안하게 살아갈 수 있다. 그러니 조금도 근심할 게 없어 몸이 회복된다.'라는 내용이다.

우리의 몸 안은 오장 육부로 이루어져 있다. 오장은 간장, 심장, 비장, 폐, 신장이고, 육부는 위, 대장, 소장, 담낭, 방광, 삼초를 말한다. 오장 육부 강화를 위한 방법으로 우리는 활인심방에 의해 소리를 냈다.

간은 휴~, 심장은 허~, 비위는 호~, 폐는 스~, 신장은 취~, 삼초(상초, 중초, 하초)는 히~ 라고 소리를 만들었는데, 사람에 따라 소리의 길고 짧음이 제각기 달랐다. 소리를 낼 때마다 공명이 숲을 따라 진동했는데, 이 소리가 마치 피리에서 나오는 소리인 듯 아름다웠다.

활인심방을 체험하고 나니, 먼저 눈과 머리가 맑아졌다. 평소에는 무거운 짐을 진 것처럼 아팠던 어깨도 가벼워지고, 손과 다리의 근육도 이완되어 날아갈 듯이 몸이 가벼워졌다.

현대사회는 웰빙Well-being를 넘어 웰니스Wellness 시대라고들 한다. 잘 먹고 잘 죽는 것에서 끝이 아닌, 신체적·정신적·사회적 건강이 균형을 이뤄야 잘 산다는 의미다. 이런 의미까지 되새겼으니, 나의 숲테라피 체험은 대만족이다. 지인들에게도 꼭 참여해보라고 적극 추천하고 싶어졌으니 말이다. 돌아와 생각해 보니, 우리 삶은 '균형'이 중요한 듯싶다.

임해순

프로필

경력 인천광역시교육청 지방교육행정사무관(26년 재직 중)

근무 연수여자고등학교 행정실장

활동 인천광역시교육청 관리자 공무원 독서 모임 <여리> 회원(2018~현재)
인천광역시교육청 교육행정 정책연구회 글쓰기 동아리 <글힘> 회원(2023~현재)

학력 인하대학교 대학원 석사

저서 공저 <이제라도 책을 읽어볼까 합니다> (2020, 한량학교 문집)
공저 <글로 모인 사이 6> (2021, 부크크)
단독 저서 <그래도 직장은 다녀야지> (2021, 키효북스)

블로그 blog.naver.com/hasslein09
브런치 brunch.co.kr@hasslein
이메일 hasslein09@naver.com
인스타그램 @hass_lein

|작품|

1. 고마웠어, 소중한 내 친구야
2. 나는 재수생의 엄마입니다
3. 드럼 치는 이 순간!

고마웠어, 소중한 내 친구야

님은 갔습니다.

아 아-! 사랑하는 나의 님은 갔습니다.

님은 갔지만

나는 님을 보내지 아니하였습니다.

친구야 안녕! 너와 헤어진 지도 벌써 100일이 지났네. 건강하게 잘 지내던 네가 아팠을 때 난 깜짝 놀랐어. 평소에 말은 없었지만, 늘 활발한 친구가 갑자기 병원에 간다고 하니 무슨 일일까 걱정 되고, 궁금하더라.

아픈 너를 생각하니, 너랑 처음 만났을 때가 생각난다. 반짝

반짝 윤기 나는 너의 피부. 무엇이건 잘 먹던 커다랗고 동그란 입. 반짝반짝 세련된 차림을 보고 눈이 부셨지. 힘은 또 왜 그리 센지. 이런 멋진 친구와 남은 시간을 같이 보내겠다며 난 맹세했지. 난 날마다 너와 있어 행복했어. 늘 내 곁에서 지켜주어 얼마나 고맙던지. 난 네 옆에서 나의 꿈을 맘껏 펼쳤어.

어느 날. 네가 몸이 안 좋다며 좀 쉬어야겠다고 했을 때. '아 그래? 그럼 빨리 병원에 가볼까?'라며 나는 너의 손을 이끌었어. 병원에서는 내게 상황이 위중하니 마음의 준비를 하라더라. 갑자기 왜 그런 일이 생긴 걸까? 잘 지내던 친구가 왜 병이 났을까? 돌이켜봤어. 난 그냥 친구의 미소에 아무 일 없는 줄 알았어. 친구가 어디가 어떤지 구체적으로 챙기지 않았던 거야. 나의 무심함이 탄로 난 거지.

친구야, 이런 이야기는 처음인데, 네가 없던 시절에는 사람들이 힘들게 손으로 빨래했대. 나도 어렸을 때 개울물에 손을 호호 불어가며 손빨래했던 기억이 지금도 생생해. 손가락 끝에 찬 기운이 지금도 남은 듯 말이야. 당시에는 내가 우리 집 빨래 당번이었거든.

여름에는 물이 많고 햇빛이 길게 비추니까 어렵지 않았는데,

겨울이 문제였어. 날은 춥지, 빨래는 얼지, 집안에 널어 며칠이나 걸려서 말렸어. 사실 친구가 세상에 탄생한 이유도 사랑하는 아내가 힘들게 손빨래하는 모습을 보고 남편이 발명해냈대. 그때가 1874년이라고 하니 지금부터 140년 전. 우와~ 너의 조상님이 되겠다. 물론 우리나라에서도 1969년이 되어서야 자동 세탁기가 개발되었지.

친구가 세상에 나온 뒤로 가사노동 시간이 확 줄어서 여성의 사회활동이 활발하게 이루어졌대. 오죽하면 인터넷보다 세탁기가 세상을 바꾼, 세기의 발명품이라고까지 했겠니? 나를 봐도 그래. 직장 다니면서 두 아이 키우느라 눈코 뜰 새 없이 바쁜 시기가 있었어. 그때 친구가 없었다면 내가 그 많은 집안일과 아이들까지 어떻게 보살필 수 있었겠니? 빨랫감 넣고 세제 넣고 눌러주기만 하면 자동으로 돌아가는 친구 덕분에 그 시간에 나의 꿈을 위해 앞으로 나가고, 다른 일도 할 수 있었던 거야. 짬짬이 책도 읽고, 글도 쓰고, 좋아하는 드라마도 즐겼지. 아이들과 색칠 놀이하고 만들기 하며 재미있는 시간도 보냈던 거야.

그러는 사이 친구는 묵묵히 내 옆에 있었지. 난 친구가 아픈

지도 몰랐고, 어느 날 멈춘 친구 앞에서 난 망연자실 했어. 일요일 저녁 물에 잠긴 빨래를 건져 집 근처 빨래방으로 달려가야 하는 상황이 벌어졌어. 잠시 너를 원망도 했지. 하지만 이내 마음을 고쳐먹었어. 고마움으로.

친구야 내가 더 세심하게 보살폈어야 했는데 미안하다. 너를 보내야 했을 때, 내 마음은 허망함과 자책감으로 가득 찼어. 아이들 땀 흘리고 벗어둔 옷가지들, 양말이며, 수건까지 친구는 무엇이든 다 받아서 말끔하게 만들어주었지.

친구를 보내고 다시 새로운 친구를 사귀어야 했을 때, 난 주저하지 않고 너와 똑같이 생긴 친구를 맞이했어. 사람들은 그 이름을 '통돌이'라고 불렀지. '통돌이' 얼핏 들으면 '곰돌이'가 연상되지 않니? 귀여운 동물 친구 곰돌이처럼 늘 내 곁에 있던 소중한 친구야, 지금은 어디에서 어떤 모습으로 지내고 있을지 궁금하구나.

지금 나와 함께하는 새로운 친구도 잘 사귀려고 노력하고 있어. 내가 살면서 네게 느낀 고마움은 말로 다 표현하지는 못하겠지만, 굳이 말로 해야 한다면, "정말 고마웠다. 너를 잊지 않을게."

그동안 말없이 내 곁을 지켜준 든든한 친구야, 너처럼 묵묵히 제 할 일을 하는 이가 이 세상을 지키는 건 아닐까 싶다.

나는 재수생의 엄마입니다

2월이 지나고 3월이 왔습니다. 대학에 떨어져 재수학원과 독서실을 알아보던 나와 막내는 걸어서 20분 안에 도착할 수 있는 독학 재수학원으로 결정하고 등록했습니다. 학원 시스템은 아침 8시부터 저녁 10시까지 아이들이 독서실이나 스터디 카페에서 스스로 공부할 수 있게 관리하는 것이었습니다.

3월 2일 월요일.

자는 아이를 깨워서 7시 50분까지 출석 체크를 해야 하니 어서 가자고 재촉합니다. 지각하면 스터디 카페를 이용할 수 없습니다. 학원 앞에 도착하니 7시 44분. 저는 얼른 올라가라고 아이의 등을 떠밉니다. 검정 패딩에 검정 가방을 메고 고개 숙인 막내는 터벅터벅 건물 안으로 들어갑니다. 정지된 필름처럼 아이가 사라진 지점을 멍하니 바라봅니다. '첫날이니까 힘들 거야. 그래도 잘 버티자.' 속으로 되뇌며 핸들을 돌립니다.

집으로 돌아와 아이 방을 정리합니다. 지난주 여행 다녀온 뒤로 흩어진 옷가지며 화장품 선물 등등 언니 방까지 정신없이 늘어놓은 물건들을 치우고, 청소기를 돌리고, 걸레질합니다. '그래, 이런 건 엄마가 해주어야지. 청소할 시간에 단어 하나라도 외워야지' 나는 막내의 시간을 벌어주겠다는 마음으로 열심히 청소합니다.

저녁 10시가 넘어 아이에게 문자를 보냅니다. '끝났어? 어디야?' '집 가는 중' 답장을 보고 안심합니다. 요즘 코로나19 여파로 학교 개학도 연기되었는데, 사방이 어수선할 때 공부에 집중하면 더 나은 성적이 나올 거라며 나는 내심 흐뭇해합니다.

집에 들어온 막내는 가방을 내려놓고 거실과 방을 오락가락하더니, "엄마, 나 그냥 다른 독서실 가서 공부하면 안 될까? 여긴 감옥 같고 밥도 맛없고 아는 사람도 없고, 가기 싫어." 눈물을 뚝뚝 떨구는 막내를 나는 소파에 앉히고 등을 토닥입니다. "처음이니까 쉽지 않지. 낯선 환경에 코로나19 때문에 수강생도 많지 않고, 네가 가기 싫다는 마음은 이해해. 근데 진짜로 가기 싫어?" 되묻는 나를 보고 막내는 팔뚝으로 눈물을 훔치며, 그냥 한 일주일 정도 다른 카페에서 공부해 보겠다고 합니다. '그래, 어디서 하면 어떠냐?' 무엇보다 집중이 중요하니, 허락했습니다.

재수생이란 타이틀에 심적으로 많이 위축되었을 테고, 날씨도 스산하고 온종일 누구와 말 한마디 못 했을 불쌍한 막내를 생각하니 엄마인 나는 자책감이 들었습니다. '좀 더 입시 정보에 민감했어야 했는데, 막내의 실력에 맞는 안정권 대학에 넣었어야 했는데, 괜한 고생 시키는구나….'하는 생각에 생각이 꼬리를 물면서 새벽녘까지 뒤척였습니다.

3월 3일 화요일.

자는 아이를 깨워 아침밥을 먹입니다. 학원에서는 학생이 출석하지 않았다며 문자가 왔습니다. 어디 가서 공부할 거냐고 물으니, 아이는 코로나19가 위험하니 집에서 하겠다고 합니다. 그럼, 학원에서 책을 가져와야 하는 게 아니냐고 하니, 그걸 엄마가 가져다주면 안 되냐고 합니다. 아이의 무책임한 말에 딱하게만 생각할 게 아니란 심정으로 저도 모르게 버럭 소리칩니다.

"엄마가 수강생이야? 그걸 왜 엄마가 가져와? 네가 공부하는 사람이지 엄마가 공부해?!"

아이에게 공부하기 싫으면 맘대로 하라는 비수를 꽂고, 나는 집을 나왔습니다. 다른 사람도 아니고 내 딸이 나약하고 무기력한 모습은 봐줄 수가 없었습니다. 이틀도 아니고 일주일도 아니고 딱 하루 다녀와서 가기 싫다는 것도 화가 나는데, 책을 가져달라니 도대체 정신머리가 어디에 있는 건지 알 수가 없었습니다.

화를 삭이며 다시 집에 들어와 이불을 싸매고 누웠습니다. 집안은 정적이 감돌았습니다. 미술 학원비를 봉투에 담아 막내에게 주며 알아서 등록하고 맘대로 하라고 말했습니다.

오후에 막내가 문자를 보냈습니다. 첫날이라 외롭고 막막해서 그런 거라며, 그만둘 학원에서 책을 갖고 나오기 부담스러워 엄마한테 부탁한 것뿐. 공부를 안 하겠다는 얘기가 아닌데, 엄마는 왜 화내냐고 합니다. 내 돈 주고 등록한 학원인데 뭐가 무서워서 들어가지도 못하냐며 겨우 하루 다녀오고 못 가겠다고 하니 네가 엄마라면 화 안 나게 생겼냐고, 나도 문자로 따졌습니다.

23년 직장 생활해서 남은 건 자식뿐인데. 엄마는 8시간씩 일해서 뒷바라지하는데 왜 엄마를 원망하냐며 쏘아 댔습니다. 시간이 아깝지 않냐, 언제까지 고민만 할 거냐며 '나는 공부하는 기계다' 생각하고 공부만 하라고 몰아부쳤습니다. 엄마도 이젠 늙어서 힘들고 지친다는 말과 함께, 네가 원하는 대학 간다고 재수를 택했으니 어쩌겠냐 열 달만 고생하라고 답장을 보냈습니다. 휴대폰을 내려놓는 나의 손이 부르르 떨렸습니다. 눈물이 멈추질 않았습니다.

그러는 중에 원망도 해봅니다. 우리나라 입시제도에 대해서. 자원이 없는 나라에서 다른 나라와 경쟁력을 갖출 길은 공부뿐이니. 그렇게 이해도 했다가, 얄궂기도 했다가…….

막내가 저녁에 답장을 보냈습니다. 이젠 정신 차리고 열심히 하겠다며 미안하고 고맙다고요. 문자를 본 남편은, 막내 바보이니, 무조건 응원을 보냅니다. 그러나 내 눈에서는 또다시 눈물이 흐릅니다. 여러 감정이 교차하면서 말입니다.

오늘 하루의 감정을 훌훌 털고 일어나서 내일 먹을 막내의 도시락 반찬을 준비합니다. 소시지도 부치고 참치김치볶음도 만듭니다. 수저는 은박지에 싸고, 사과도 모양 좋게 깎아 담고, 토마토케첩도 따로 담습니다.

흔들리지 말라고 막내에게 한 말은 나 스스로한테 하는 말이었는지도 모릅니다. 우리네 인생에서 흔들리지 말라는 말보다, 그럴 때마다 극복하고 우뚝 서야 하느니…. 이렇게 말해야 정확할 것입니다. 재수생인 딸아이에게 이렇게 말하기가 두려웠는지도 모릅니다.

드럼 치는 이 순간!

"쿵, 따 따, 쿵 따! 왼쪽 손목 스냅을 더 높이 올리세요! 좌우 스틱 높이가 똑같이 올라가야 해요." 선생님이 목청 높여 가르치는 이곳은 어른들의 놀이터. 나이 들어 뭔가 허전할 때, 학창 시절이 그리울 때 찾아오면 좋은 공간. 드럼교실은 복잡한 사무실을 떠나 몸과 마음을 이완해 주는 아지트로 내게 다가왔다.

얼마 전. 스트레스 해소할 곳이 필요했다. 업무, 업무, 업무에서 잠시라도 벗어나고 싶었다. 어느 주말 지인 추천으로 드럼교실에 발을 들였는데. "처음 오셨죠? 노래 한 번 해보세요. 노래를 잘하면 드럼도 잘 칩니다." 원장님의 너스레를 들으며 마이크를 잡았다.

그날 이후 퇴근하면 드럼 실로 직행했다. 드럼 교실에 가까이 가면 쿵쿵 바닥이 울린다. 자동문이 열리면 음악 소리가 나를 반긴다. 스르르 문이 닫히면 다른 세상이 펼쳐지는 곳.

물 한 컵 마시고, 스틱을 꺼내 패드 앞에 앉는다. 딱딱 딱딱, 딱딱 딱딱 오른손 네 번, 왼손 네 번 스틱을 번갈아 가며 두드린다. 스틱이 부드럽게 올라가야 경쾌한 소리가 난다. 30분 정도 두드리면 손목이 풀어진다. 1인 연습실에 들어가 의자 높이를 조절해서 앉는다. 드럼 세트에 의자도 포함된다는 걸 〈아무튼, 드럼〉을 읽고 알았다. 기초는 '쿵 딱 쿵 딱' '쿵'은 베이스드럼 치는 소리다. 오른발 앞꿈치로 페달을 누른다. 뒤꿈치가 바닥에 닿으면 안 된다. '딱'은 왼손으로 스네어 드럼 치는 소리다.

손과 발이 따로 노는 내게, 선생님의 요청이 불을 뿜는다. "발 뒤꿈치를 들고 페달을 밟으세요! 뒤꿈치가 내려가면 소리가 잘 나지 않아요!" 베이스를 치는 오른발을 부드럽게 눌러야 하는데, 쿵쿵 밟으면 힘만 들고 소리가 잘 나지 않는다. 하이햇 심벌즈를 치는 왼발도 마찬가지다. 앞꿈치로 심벌즈를 누른 상태에서 박자에 따라 뒤꿈치를 내려야 하는데 미리 눌러버린다. "그렇게 치면 소리가 안 이뻐요! 반주가 나올 때 페달을 눌러야 해요!" 계속 연습하다 보면 오른쪽 다리와 어깨가 쑤시고 결린다.

빨리 끝내버리고 싶은 심산으로 시계를 본다. 적어도 한 시간은 버텨야 하는데. 드럼을 배운다는 처음 설렘은 어디 가고 쿵! 딱! 쿵! 딱! 만 반복하다가 끝난다. 휴~

더 어려운 건 필인fill-in 이다. 필인은 단조로운 리듬에 하모니를 넣는 연주법. '쿵 딱 쿵 딱' 치기도 벅차 온몸이 경기할 지경인데, '쿵 딱 따 따 뚜르르' 필인 연습은 혼돈의 카오스 그 자체다.

기본 박자를 두드리다가 필인으로 들어가는 부분에서 정신 바짝 차리지 않으면 망한다. 노래 한 곡에 필인은 두 번 정도 들어간다. 〈부초 같은 인생〉은 드럼 입문 첫 번째 곡. 필인 연습을 하루 1시간씩 하다 보니, 나의 정신도 부초가 되어 버린 느낌이다.

그렇게 업무 스트레스를 날리기 위해 시작한 드럼. 배운지 여러 날이 되어서야, '이게 뭔데 나를 힘들게 하지?'라는 생각이 들어 드럼에 대한 역사를 찾아보았다.

인류의 시작과 함께한 북소리. 두드림은 인간의 원초적 본능이라고 한다. 아프리카에서 시작된 북(드럼)은, 정복 전쟁이 시작되며 그리스, 로마에 이어 유럽으로 전달되면서 전투의 시작을 알리는 도구로 사용되기도 했단다. 처음 북을 사용하던 아프리카 종족은 정복 전쟁의 희생양이 되어 각 나라로 끌려가 '드럼'이란 이름의 악기로 이식. 종교와 축제의 현장에서도 북(드럼)이 있었다고 한다. 리드미컬 하고 멋지게만 생각했던 드럼 소리에 아픈 역사의 숨결이 있었다니…. 드럼이란 녀석이 새롭게 느껴졌다.

오늘날과 같은 드럼 세트는 베이스드럼, 탐탐, 스네어 드럼, 하이햇 심벌, 라이드 심벌, 스틱, 의자로 구성되어 1,800년대 극장공연에서 선보이기 시작했는데, 적은 연주자로 많은 악기를 연주하려 했던 공연극장 측의 지혜였나 보다.

드럼에 대한 역사까지 찾아보며 열심히 공부할 무렵. 선생님은 내게 토요일 무대에서 연주해 보라고 권하신다. 드럼 교실에서는 토요일마다 회원들이 무대에 올라가 실제 연주를 할 수 있는 시간을 마련한다. 토요 공개 무대는 주중에 열심히 연습한 회원들의 드럼 실력을 보여주는 자리라, 드럼 교실의 커다란 매력이기도 하다.

오후 2시가 되면 미리 준비한 연습생들이 두근거리는 가슴을 안고 무대에 올라간다. 준비하고 있던 세션들의 연주가 시작되면 앞에서 선생님이 추임새를 넣어 준다. 합주가 끝나면 회원들 모두 큰 박수로 응원해주는 그런 자리다.

배운지 이제 겨우 한 달 되었는데. 무대 위 왕좌에 앉은 왕처럼 근엄하게 올라 있는 드럼을 내가 친다고? 그런 생각에 젖어 있을 때 내 차례가 되었다. "자 이제 병아리 회원님, 무대 위로 올라오세요. 배운 지 얼마나 되셨어요?" 선생님이 마이크를 들이댄다. 난 개미 목소리로 "3주요." "3주밖에 안 되었는데 벌써 무대에 올라오셨어요?" 나는 기어들어 가는 목소리로 겨우 대답한다. "자 시작해 볼까요?" 선생님의 우렁찬 목소리가 반주를 유도한다.

난 두근두근 떨리는 손을 가다듬고 전주가 나오자마자 심벌을 힘차게 치며 연주를 시작. 세션들은 신입 회원 응원한다며 모두 일어서서 연주한다. 눈을 어디로 두어야 하나, 악보만 봐도 안 되고, 악기만 봐도 매너가 아닌데…. 내 눈은 적당히 정면을 응시하면서 눈치껏 악보도 보고, 다른 세션도 본다. 마지막 반주에 맞추어 연주가 끝났다. 앗싸 성공이다. 무대에서 내려왔는데도 가슴이 쿵쾅쿵쾅 뛰고 있다. 오랜만에 느껴보는 설렘이다.

무대 연주를 하고 나니 실력이 한결 나아진 듯하다. 드럼 교실에 가는 재미가 더 붙었다. 저녁 8시가 되면 회원들과 함께 연습한다. 선생님이 지정한 곡으로 다섯 명이 모여 배운다. 합주하면 서로 경쟁하므로 빨리 익힐 수 있다.

합주로 배운 노래 〈첫 차〉는 필인이 '빰빰 빠라바라 딱! 창!'이다. 여기서 '딱 창'을 잘 쳐야 노래가 날개를 단다. 같이 치면 누가 틀렸는지 바로 알 수 있다. 내가 틀리면 창피하고 남이 틀려도 내가 틀린 것 같아 얼굴이 빨개진다.

선생님은 필인이 나올 때마다 큰소리로 외친다. "내 마음 모두 싣고 떠나갑니다. 당신을 멀리멀리 빰빰 빠라바라 딱! 창!" 합주가 잘 되면 덩달아 즐겁다. 특히 곡이 끝날 때 마지막 심벌즈 소리가 딱 맞으면 과정이야 어쨌든 잘 연주한 거다. 회원들은 신나서 '한 번 더!'를 외친다.

그렇게 몇 달이 지나고 드럼을 배운지 어느덧 6개월. 야외 버스킹에 참여했다. 준비한 곡은 이선희의 '알고 싶어요.' 내가 드럼을 치고, 다른 회원이 멋지게 노래를 불렀다. 밴드 연주에 맞추어 손과 발이 움직이고 나도 모르게 리듬에 고개를 맞춘다. 내 리듬과 노래 박자가 척척 맞는 그 순간에는 세상 사람 그 누구도 부럽지 않았다.

지금 나는 드럼을 치는 이 순간에 집중한다. 한 박자, 리듬 하나에 눈코귀입, 느낌을 모두 모아서 두드린다. 들숨과 날숨에 집중. 또 집중. 이 순간만큼은 시공간을 초월해 '지금'에 모든 힘을 쏟아붓고 있다.

문득 깨닫는다. 우리네 인생도 지금, 여기, 이 순간에 있다는 사실을. 머릿속은 늘 어제 일로 괴로워하고, 내일 일을 걱정하며 삶을 이어가던 나 자신을 발견한다. 진짜 인생은, 오늘! 지금! 이 순간에 있는데 말이다.

최은성

프로필

경력 인천광역시교육청 소속 지방교육행정사무관(18년 근무)

근무 인천청라고등학교 행정실장

강원도교육청 소속 교육행정직 공무원(15년 근무)

학력 동우대학 행정학과 졸업

활동 인천광역시교육청 교육행정 정책연구회 홍보분과장(2023년~현재)

인천광역시교육청 교육행정 정책연구회 글쓰기 동아리 '글힘' 회원 (2023년~현재)

인천광역시교육청 관리자 공무원 독서모임 '여리' 회원(2020년~현재)

E-Mail ces3360@naver.com

|작품|

1. 목욕탕에서 만난 여자들
2. 이웃과 함께 자란 딸
3. 화려한 외출

목욕탕에서 만난 여자들

"쩡아! 목욕 바구니 놓고 와!"

우리 아파트 단지 내에 있는 목욕탕에 10시까지 입장을 해야 하는데, 퇴근 후 시간이 임박해 조급해진 마음에 딸에게 전화를 넣은 것이다. 하루쯤 빼먹는다고 하늘에서 벼락이 떨어지는 것도 아닌데, 마음은 이미 목욕탕에 가 있다.

뜨끈한 온탕에서 피로를 풀고, 목욕탕 동지들과 수다를 떠는 것은, 그날의 스트레스를 수증기로 날린다. 온탕과 냉탕을 오가는 사이, 끓어오른 화를 날려주는 한 방이 있기에 하루의 일과 중 가장 행복한 시간을 꼽는다면, 목욕탕에 가는 시간!

목욕탕 동지들과 옹기종기 앉아, 시간 가는 줄 모르고 떠는 수다는 어떤가. 요즘 반찬은 뭐 해 먹나, ○○이는 왜 안 보이냐, 몸매관리는 어떻게 하냐, 주말에 행사가 있으니 같이 움직여 보자 등. 이야기꽃이 만발하니 목욕탕은 우리 아파트의 사랑방이다.

아파트 입주 초, 처음 목욕탕을 이용할 때, 모두 서먹하고 낯설었던 목욕탕 동지들. 1년, 2년, 3년…. 그렇게 8년이란 세월이 지나다 보니, 묵은 시간만큼이나 이젠 목욕탕 동지들의 얼굴이 익숙하다. 지금은 누가 몇 동에 사는지, 직업이 무언지, 아이는 몇 명이나 되는지, 못 본 사이 사건 사고는 없었는지, 묻지 않아도 자연스레 알게 된다.

그렇게 애용하던 사랑방인 목욕탕이 코로나19로 3년씩이나 굳게 문이 닫히게 됐을 때. 관계망이 끊어지는 일상의 답답함이 커질 때였다.

곽여사에게 걷는 운동 제안을 했다. 둘은 운동하고자 하는 목적이 같았고, 약속한 것을 잘 지키는 성실한 면이 통했다. 워킹크루는 날이 갈수록 맴버가 늘어났다. 곽여사, 카카오, 정희동생, 나, 이렇게 넷이 순식간에 결성됐으니 말이다.

우리는 동네 늘 푸른 공원 1시간 코스를 거의 매일 걸었다. 노랗게 핀 개나리는 봄을 두드리고, 흐드러진 아카시아꽃 향기는 여름을 유혹하며, 무더운 여름의 초록은 모기를 부르고, 소나기는 무지개를 선물하기도. 소복이 쌓인 눈길의 첫 발자국을 남기기까지. 그렇게 보낸 세 번의 사계절 동안, 우리가 나눈 수많은 이야기로 울고 웃으며 서로는 먼 친척보다 가까운 이웃이 되었다.

곽여사의 별명은 곽가이버. 아파트의 여러 집을 방문해서 소소한 수리를 해주면서 생긴 별명이라고 한다. 우리 집 현관 중문 시트지가 펄럭거리고 졸대가 떨어져 너덜거린다고 했더니, 곽가이버는 당장 고쳐주겠다며 양손에 공구 상자 2개를 들고 떡하니 현관문을 들어섰다. 전기 타카와 전동드릴을 꺼내 너덜대던 중문에 "탁탁탁" 커터 소리가 경쾌하다.

중문을 감쪽같이 수리한 곽가이버는, 신발장이 좁아 현관에 즐비하게 넘쳐난 신발들과 팬트리에 있던 부츠들을 정리해야 한다며 구두 높이를 재고 신발장 칸을 조절해 몇 번의 망치질로 1칸을 더 만들어 낸다. 부츠와 현관의 신발들은 모두 장 속으로 들어갔다. 남편과 나는 곽가이버를 향해 엄지척을 들어 올리며 감탄을 연발했다.

정희 동생은 작은 몸집에 날씬하고 예쁜 얼굴에 상냥한 미소까지 겸비한 워킹 맴버다. 어느 날엔가 나와 같은 학교에서 일하게 됐다며 싱글벙글했다.

그날 이후 직장에서 만나면 반가운데 목욕탕에서는 왠지 조금 어색해진 느낌이었다. 공과 사를 넘나들며 만나는 관계라니…. 살짝 불편한 기분은 나의 관리부실로 인한 몸매 탓일까? 어색하고 불편함도 시간이 갈수록 무덤덤 해졌다. 3년간 워킹크루를 하며 다져진 그 깊은 인연이 어디 가랴. 그런 생각을 할 즈음. 정희 동생은 강화에 농막을 지었다며 어느 여름 저녁 워킹크루 전 맴버를 초대 했다.

강화 농막으로 가는 길. 설렘으로 가슴이 뛰어온다. 도착해보니, 눈 앞에 펼쳐진 600평 너른 마당과 6평의 작은 농막은 나무로 지어져 아담하고 포근하게 느껴졌다. 내부의 작은 창은 넓은 들녘과 붉은 노을을 담아 한 폭의 명화가 따로 없다. 농막은 몸집은 작지만 너른 마음을 가진 주인장을 닮아 있어 친근한 느낌을 준다.

칠흑같은 어둠이 물들 때, 우리는 모닥불을 피우고 둥글게 둘러앉아 내려앉은 별들을 마중한다. 장작 타는 소리와 타오르는 불꽃의 곡선, 블루투스에서 흐르는 부드러운 선율이 근육을 이완시킨다. 일상에서 벗어난 자유로움. 가벼움. 편안함!! 우리는 자연스레 그 시간 안으로 스며든다. 모닥불이 꺼질 무렵, 그 여운은 기억에 남고 가슴에 담아진다. 그날 밤은 그렇게 목욕탕의 온탕처럼 우리를 따뜻하게 품어 주었다.

새삼 우린 목욕탕에서 만난 여자들임을 새겨본다. 그 사람의 재산이나 사회적 지위가 있고 없음이 무관한 목욕탕에서 맺어진 순수한 관계. 속내를 보여도 불편하지 않고 어려울 때 위로가 되고 소소한 일상으로 정을 나누는 사이다.

인생 100세 시대. '혼자 가면 빨리 가고 함께 가면 멀리 간다'라는 인디언 속담처럼 우리도 노후까지 함께 가는 삶을 기대해 본다.

이웃과 함께 자란 딸

20년 전이다. 우리 딸, 윤정이의 백일 날. 인천으로 발령받아 고향인 강원도를 떠나던 날로 기억된다. 백일 상을 차릴 겨를도 없이 백설기 한 상자를 맞춰 동해 사시는 시어머님께 드리고, 동네 분들과 나눠 드시라며 작별 인사를 했다.

이삿짐 실은 1t 트럭 한 대와 남편이 운전하는 자가용에 백일 된 갓난아기, 윤정이를 안고 인천으로 향하는 길. 강원도 삼척에서 지낸 1년 6개월이라는 짧기도 길기도 하던 시간이 주마등처럼 스쳤다.

엄마의 결혼 안 하냐는 잔소리를 서른여섯이 되도록 듣다가,

친척 어른의 소개로 신랑을 만났다. 편하다는 느낌 하나로 마흔의 노총각이라 결혼이 급했던 신랑과 수순처럼 이듬해 결혼하였다.

6급 승진발령으로 초등학교에 행정실에 근무하게 되어, 속초에서 왕복 4시간 거리로 집을 떠나 홀로 살게 되었던 삼척. 직장이 인천인 신랑과 자연스레 주말부부가 되었고. 임산부로 홀로 지내던 시간……. 그때의 추억들이 머릿속에 아른거렸다.

어느 날엔가. 몸이 으슬으슬하니 몸살감기처럼 느껴져 '임신 아닐까.'라는 기대감으로 병원 갔을 때, 의사선생님의 "축하합니다. 임신입니다."라는 말에 가슴이 콩닥콩닥 뛰었다. 내 안에 새로운 생명을 잉태한다는 것에 대한 신비로움. 10개월의 무사한 여정을 바라며, 빨리 찾아온 임신에 감사했다. 기쁨도 잠시. 임산부가 되어 남편과 뚝 떨어져 홀로 지내야 한다는 서글픔이 엄습해 왔다.

하지만 남편의 빈자리를 채워줬던 고마운 학교 동료들. 근무하던 학교 영양사선생님은 급식메뉴 선정을 할 때면 "뭐 먹고 싶은 거 없어요?"라고 묻고는, 내가 먹고 싶다는 잡채며 동태전, 갈비찜 등을 메뉴에 넣어 주곤 하셨다. 내가 먹고 싶다던 메뉴는 평소에도 단골로 등장하는 음식들이었지만, 임산부 혼자 지내는 게 마음에 걸리신다며, 잘 먹어야 배 속에 아기가 무럭무럭 자란다고 말씀하시던 친정엄마와도 같았던 선생님.

내가 감기로 힘들어할 때면 행정실 기사님(시설 주무관)은 저녁 먹고 가라며 퇴근하는 나를 붙잡아 염소 전골을 시켜주셨다.

보글보글 뜨끈한 국물은 얼큰하니 시원했고 고기는 야들야들했다. 땀을 흠뻑 흘리며 전골 한 냄비를 몽땅 비웠다.

다음 날 아침. 감기는 신기하게도 뚝 떨어지고 기운이 솟는 느낌이었다. 지금까지도 기억 속에서 지워지지 않는 보양식 한 끼로 남아있으니. 임신한 딸을 엄마가 챙기듯, 아버지가 안쓰러워하듯 직장동료가 나눠주던 그 마음이 혼자인 나에게 큰 위로가 되었다.

직장동료들의 따스함이 무색하게 퇴근 후 집에 돌아와 아파트 현관문을 열면 휑하던 쓸쓸함. 만삭의 몸으로 냉기만이 감도는 집안을 넋 놓고 바라볼 뿐……. 밤에 덩그러니 홀로 잠자리에 들라치면 서러움에 북받쳐 눈물을 훔친 밤들이 얼마던가. 남편과의 매일의 전화 통화도, 일주일 한 번의 만남도, 홀로 지내는 만삭인 임산부의 서러움을 해소할 만큼 충분하지 못했다.

출산 후에도 여전히 삼척이고 혼자 갓난아기를 키워야만 하는 시간의 연속이었다. 출근길이면 오른쪽 어깨에 핸드백을, 왼쪽 어깨에는 기저귀 가방을, 양손에는 아기를 안고 아기를 돌봐주는 아주머니댁으로 향하는데, 비라도 오는 날이면 우산을 받쳐 들 손 하나가 부족해 목과 어깨 사이에 억지로 우산을 끼워 겨우 비를 피해야 했다. 힘듦이 가중될수록 마음은 남편이 있는 인천을 향하고 있었다.

1년 6개월. 삼척에서의 시간이 기억과는 조우하며 몸은 이삿짐 트럭과 함께 멀어지고 있었다.

인천으로 올라와 영종도 발령. 집인 용현동에서 학교 통근버스로 출근. 전철도 없던 시절이다. 집과 직장의 거리로 인해 결국 아이는 손위 시누이에게 맡기고 주말에만 데려오길 2년여. 손위 시누이는 딸아이가 어린이집 다니던 4살까지 우리 집을 오가며 정성스레 키워주셨다. 얼마 후. 손위 시누이가 취업하며 그마저도 어려워졌다.

같은 유치원에서 만난 딸아이 친구 희원 엄마. 우리 딸 윤정이 엄마가 되길 망설이지 않았던 분의 등장은, 내게 천군만마를 얻은 기분이었다. 유치원 친구들 생일파티는 늘 부모 동반이었는데, 직장을 다니는 나는 주말이 아니면 참석이 어려웠다. 그럴 때마다 희원 엄마는 내게 전화를 해, 나 대신 윤정이를 데리고 생일파티 다녀오겠다고 했다. 직장 일로 여간해 시간 내기가 어려운 나를 배려하는 그 마음이 얼마나 고맙던지…. 그렇게 친해진 무지개 유치원 친구 다섯은 '오색 무지개'라 이름 짓고 엄마와 아이들이 함께 만나는 모임으로 딸아이가 대학생이 된 지금까지도 이어오고 있다.

초등학교 입학하고 1학년 여름방학. 학교 급식으로 점심을 먹던 딸. '방학이니 이제 점심을 어떻게 해결하지.'라는 난감한 생각을 할 때였다. 희원 엄마는 아이들 셋의 점심을 도맡아 해주겠다고 자처했다.

세상에 이렇게 천사 같은 사람이 있을까? 희원 엄마 덕에, 나의 근심은 물론, 아이들은 따뜻한 점심과 친구들과 신나게 놀 기회까지 마련되었다. 그해 여름방학이 끝났을 때, 희원 엄마의 열 손가락은 주부습진이란 불청객으로 오랫동안 병원 치료를 받아야 했다.

딸아이 5학년 때. 나는 사무관 승진시험을 위해 공부해야 했다. 다행히도 같은 아파트에 살고 우리 딸과 또래의 딸을 키우는 써니가 있었다. 인천에 올라와 영종도에서 만난 직원인데, 성이 선이라 애칭을 '써니'라고 불렀다. 승진시험을 보려면 주말마다 스터디를 해야 했다. 딸아이 맡길 곳이 없어 고민이 클 때, 주말에 윤정이를 선뜻 자기 집으로 보내라고 했다.

승진합격의 기쁨도 잠시. 대구에서 한 달간 연수를 받아야 했다. 써니는 우리 윤정이를 자신의 집에서 먹이고, 재우고, 등하교까지 책임져 주며, 4주를 한결같은 마음으로 돌봐주었다.

직장과 육아를 병행하다 보면 도움이 필요한 순간들과 맞닥뜨린다. 발을 동동 구르며 다급할 때, 손을 내밀면 잡아줄 누군가. 그 누군가가 나와 우리 딸에게는 이웃이었다. 그렇게 딸 윤정이는 뱃속에서부터, 이웃들의 양분으로 자랐다. 잊지 못할 고마운 사람들…….

화려한 외출

코로나19로 일상을 담보 잡힌 지 2년 6개월. 마스크만 착용하면 야외 문화공연 참여가 가능해졌다. 그 틈에 싸이의 흠뻑쇼 공연 홍보물이 눈에 들어왔다. 이 공연이 시작된 지는 10년 전. 이제야 호기심이 가는 건 왜일까? 그동안은 젊은이들의 전유물로만 생각했었는데 말이다. 코로나19를 겪으면서 거리두기로 조심, 또 조심하며 움츠렸는데, 한여름의 무더위를 식혀줄 흠뻑 쇼라니 귀가 솔깃했다.

50대와 40대 두 여인은 오늘이 가장 젊다며, 화려한 외출을 결정했다. 나이를 고려해 스탠딩 공연은 곤란하단 생각에 좌석 티켓을 구하려고 했지만 어려웠다. 어렵사리 스탠딩 티켓 2매

최은성

를 구해 놓고는 공연 준비를 하기 위해 바쁘다.

의상 코드를 맞추는 것은 관객의 예의라며 파란색 티셔츠를 구매하고, 공연을 제대로 즐기려면 가수의 노래도 익혀야 한다. 우선 신곡과 대표곡들을 유튜브 동영상으로 무한반복 따라 부르는 준비과정이 마냥 즐겁기만 하다. 그리고 모자와 간식거리 물을 챙겨 나름 만반의 준비를 마쳤을 때 뒤늦게 찾아오는 걱정거리들.

애는 고3인데 엄마가 돼서 이래도 되나? 서서 봐야 하는 공연을 몇 시간을 버틸 수 있나? 앉고 싶어지면 어쩌지? 물벼락 맞으면 추울까? 물은 깨끗한가? 감기라도 걸리면 어쩌나…. 등등.

오늘이 가장 젊은 날이다. 오늘 아니면 언제 해보냐는 생각으로 걱정을 뒤로하고 집을 나선다. 화려한 외출은 걸어가야 제맛. 공연장이 가까워질수록 도로에는 즐비하게 선 차들이 거북이처럼 움직인다. 인도에는 파란 티셔츠를 입은 젊은이들이 삼삼오오 줄지어 하하 호호 즐거운 모습들로 거리를 수놓고 있다.

공연 입장 2시간 전. 미리 도착해서 스텝들의 지도에 따라 입장권 번호에 맞는 대기 줄을 찾아 밀고, 밀리고, 당기길 여러 번 하고 나면, 어느덧 순번 데로 줄이 정리되어 간다.

다음은 입장 시간이 될 때까지 기다리는 것. 한낮에 내리쬐는 햇볕에 벌컥벌컥 단숨에 물을 마시고 싶지만, 한 모금만으로 더위를 달랜다. 자칫 물을 많이 마셨다가는 화장실을 들락거리며 대열에서 벗어날 수도 있기 때문이다. 포토존이 설치되어 있지만 조금 멀리 있어 그 또한 접고 줄을 선 자리에서 사진 두 장 찰칵으로 대리만족한다.

드디어 입장. 스텝들이 발 빠르게 움직이자 대열은 질서정연하게 이동하기 시작한다. 공연장 안으로 들어서는 순간, 당장이라도 물대포를 쏘아 올릴 것 같은 대형구조물이 압도적이다. 구획으로 구분된 스탠딩 공간의 질서는 관람객의 몫이다. 뒤에서 누군가 밀치면 압사될 수도 있겠다는 걱정과 무대조명과 공연장비들 감전 사고로부터 안전한가 걱정하는 사이 공연장 내부를 꽉 채운 관객. 모두가 젊다.

젊은이들로 빽빽한 틈 속에 삐죽삐죽 보이는 40, 50대 아줌마들. 앞사람과 뒷사람 사이 적당한 공간을 확보하는 규칙이 있는 듯 정렬이 끝났을 때. 또 하나의 변수는 약속된 시간이 되어도 감감무소식인 공연. 해님이가 끝나서야 공연은 시작된다.

태양이 숨어버린 순간. 밝혀지는 형형색색의 조명들 사이로 울려오는 음향. 마치 전장 출전을 알리는 북소리처럼 우리들의 심장을 후끈 달군다. "지금부터 즐길 준비 됐나요?!" 무대로 뛰어나오는 가수의 힘찬 한마디에, "네~"하는 함성으로 공연은 시작된다.

노래의 전주가 혈관을 따라 빠르게 손가락과 발가락까지 타고 오를 때. 하늘을 향해 찌를 듯 들어 올린 손과 음악에 반동하는 몸놀림, 뜀박질하는 두 발, 소리높여 부르는 함성이 공연장을 가득 메운다. 거대한 푸른 티셔츠의 물결은 출렁이는 바다와 같고, 공중에서 쏟아내는 물대포는 머리 위에서 파도처럼 부서져 나의 얼굴을 거쳐 전신을 타고 흐른다. 짜릿한 기분이다. 모든 걱정은 순식간에 사라지고, 이 순간을 즐기게 되는 마법 같은 지금. 이 공간에 내가 있는 것. "소리 지르는 네가, 음악에 미치는 네가, 인생 즐기는 네가 챔피언!"

"지금이 우리에겐 꿈이야, 너와 나 둘이서 추는 춤이야, 기분은 미친 듯이 예술이야. 여기서 우리 같은 것을 즐기고, 같은 것을 느끼고, 웃다가 흐느끼고!"

노랫말이 입을 통해 퍼져나가고 귀를 타고 심장에 파고들며 느끼는 전율…!!

여기 이 공간에서 세대를 아우르는 노랫말이 건네는 위로에 감동한다. 50대와 40대 두 여인은 공연 내내 물대포를 맞으며 서서 즐긴다. 걱정되던 다리도 아프지 않다. 힘들지 않다. 가수는 우리에게 외쳐준다. 당신들이 챔피언이라고! 지금, 이 순간이 예술이라고 말이다.

우리 삶도 쉼표를 찍으며 가야 멀리 오래 행복하게 갈 수 있다. 50대 어느 날에 도전한 화려한 외출은 심장을 불타오르게. 몸은 시원하게 만들어준 삶의 쉼표하나.

한신일

프로필

경력 인천광역시교육청 지방교육행정직으로 근무 중(1997년~현재)

근무 인천소방고등학교 행정실장

활동 인천광역시교육청 교육행정 정책연구회 사무국장(2023년~현재)
인천광역시교육청 교육행정 정책연구회 글쓰기 동아리 '글힘' 회원(2023년~현재)
인천광역시교육청 관리자 공무원 독서 모임 '여리' 회원(2023년~현재)

학력 인하대학교 문학사(철학 전공)

표창 평생교육발전 유공 표창(훈격 교육부장관)

E-Mail shinil416@gmail.com

|작품|

1. 작품과 졸작 사이
2. 금성에서 온 아내, 화성에서 온 나
3. E.T.와 분유 깡통

작품과 졸작 사이

1980년 어느 날. 나는 어깨를 축 늘어뜨린 채 등굣길을 걸어가고 있었다. 손에는 숙제로 만든 깨진 도자기를 들고서 말이다. 벌써 40년이 지난 초등학교(당시 국민학교) 때 일이라 기억은 흐릿하지만, 그날 학교에 가기 싫었던 느낌 만큼은 선명히 남아있다.

얼마 전 이사를 하는 바람에, 집과 학교의 거리는 전에 살던 집보다 더 멀어졌다. 이사 온 동네에는 친구들도 없었다. 마음 트고 대화하거나 놀만한 또래가 없었기에, 학교 가는 게 무슨 재미가 있었겠는가. 그런데다가 숙제까지 망쳤으니, 어린 마음에 그 길이 얼마나 먼 길처럼 느껴지던지….

그날의 등교가 있기 며칠 전. 찰흙으로 도자기 만들기 숙제를 내주셨던 선생님. 미술에 재능이 없던 나는 미루고 미루다 마지막 날 저녁이 되어서야 하기 싫은 숙제를 꾸역꾸역 시작했다. 한참을 찰흙과 씨름한 후에야 간신히 꽃병처럼은 보이는 숙제를 완성했다. 뭔가가 부족해 보였다.

아! 사극에서 본 도자기 굽는 가마! 당시, 우리 집에는 넉넉하지 않은 살림살이임에도 바보상자라 불리는 텔레비전이 있었다. 공부와 책은 뒷전이던 나의 유일한 정보통, 텔레비전 시청이 일상이었다. 특히 만화영화나 드라마를 애청하곤 했는데, 꽃병을 완성하고 나니, 사극 드라마 생각이 번뜩 나는 것이다.

새로 이사한 집은 당시 인천 도심 한가운데 있었음에도 부엌에 아궁이가 있었다. 사극에서 본대로 나는 도자기를 들고 재빨리 부엌으로 갔다. 다행히 아궁이에는 불이 지펴져 있었다. 조금의 망설임도 없이 꽃병처럼 보이는 찰흙 덩어리를 아궁이 속으로 깊숙이 밀어 넣었다. 그러고는 찰흙 덩어리가 어여쁜 도자기로 변신하길 바라는 마음으로 땔감도 마구 집어넣었다. '완성되려면 시간이 걸리겠지? 이제 다음날 확인하면 된다.' 이런 기특한 아이디어를 생각한 나 자신을 칭찬하며 잠자리에 들었다.

다음 날 아침. 평소에는 늦잠꾸러기던 나는, 전날 아궁이에 넣어둔 도자기 생각에 일찌감치 눈을 떴다. 아궁이 안에서 예쁘게 구워졌을 도자기 생각에, 벌떡 일어나 득달같이 부엌으로 달려갔다. 열기가 남은 아궁이 안에서 부지깽이로 소중한 내 작품을 살살 끄집어냈다.

그런데 이게 웬일인가? 작품은커녕 주둥이가 삼 분의 일쯤은 사라진 흉물이 나오는 게 아닌가. 순간 머릿속이 띵~ 해지며 정신이 아득해졌다. 정신을 차리고 보아도 흉물!! 팔뚝으로 두 눈을 비비고 다시 확인해 봐도 끔찍한 흉물!!! 아아아~! 내 작품~~!! 불안과 걱정이 물밀듯이 몰려왔다. '이건 왜 깨진 거지?' '숙제를 안 했다고 할까?' '지금이라도 다시 만들어볼까?' 별의별 잡생각이 몰려왔지만, '부질없다, 망했다.'라며 고민을 정리하고 나니 포기도 빨랐다.

깨져 버린 흉물을 들고, 등굣길을 걸어가는 내내, '아~! 괜한 짓을 했어!'라는 후회가 밀려왔다. 그런 복잡한 마음을 안고 학교로 향하고 있었으니, 등굣길이 지옥행일 수밖에 없던 것이다.

이사로 인해 아직은 낯선 반 친구들의 놀림거리가 되고 싶지 않았다. 그런 복잡한 생각을 하다 보니, 저만치 학교 정문이 눈에 보였다. 나는 누가 보기라도 할까 봐 손에 든 흉물을 가방 안 깊숙이 숨겼다.

그날따라 시간은 왜 그리 빨리도 가는지. 영원히 오지 않았으면 하는 미술 시간! 아이들은 저마다 솜씨를 뽐내듯 자신들의 과제를 책상 위에 올려놓기 시작했다. 친구들의 훌륭한 과제물을 보자, 내 심장은 점점 쪼그라들기 시작했다. 주변을 흘끔거리며 나도 마지못해 숙제를 꺼내 책상 위에 올려놓았다.

드디어 숙제 검사 시작! 선생님께서 서서히 내 자리로 다가오실수록 심장은 미쳐 날뛰었고, 얼굴은 간밤의 아궁이 불처럼 시뻘겋게 달아올랐다. 후들대는 허벅지에다 손에서 나는 땀을 닦고 또 닦고 있는데.

선생님께서는 아무런 말씀 없이 내 자리를 지나가셨다. 휴~ 하고 가슴을 쓸어내리려던 찰나, '신일아. 숙제 들고 앞으로 나올래?'하는 선생님 말씀이 운명을 가르는 종소리처럼 아주 크게 들렸다.

'그래, 그냥 넘어갈 리가 없지.' 나는 도살장에 끌려가는 소처럼, 흉물인 숙제를 주섬주섬 챙겨 교탁 앞으로 다가갔다. 선생님께서 숙제가 왜 이렇게 깨졌는지 물어보셨고, 나는 없는 말주변에도 불구하고 더 잘해보려다 일어난 일이라는 것을 최대한 말씀드렸다.

선생님께서는 나의 변명을 모두 들으시더니, 나의 흉물과도 같은 실패작을 친구들 모두 잘 보이도록 위로 한껏 들어 올리시고는 조그만 쇠막대기로 살짝 두드리셨다. '땡~'하는 소리가 교실 전체에 울려 퍼졌다. 선생님께서는 "얘들아, 도자기는 이렇게 만들어야 하는 거야."라고 말씀하시며, 한 번 더 두드리셨다. '때~앵'하는 소리가 다시 교실 안에 울려 퍼졌다. '와~아' 아이들의 수군거림이 함성으로 뒤바뀌는 순간이었다.

그날 선생님의 따스한 사랑과 배려는 실망감과 절망감으로 가득 차 있던 어린 제자에게 큰 용기가 되었다. 죄송스럽게도 지금은 선생님의 얼굴도 성함도 기억나지 않는다. 하지만 그때 놀림감이 될 위기에서 구해주시고, 엉뚱한 호기심을 격려해주신 선생님에 대한 고마움만큼은 잊을 수가 없다. 작품인가 졸작인가 하는 그 한 끗 차이에 제자에 대한 스승님의 따스한 사랑이 묻어있었기 때문이다.

어느덧 나는 50대 중년이 되었고, 두 아이의 아버지가 되었다. 주변에는 선배님들보다는 후배님들이 더 많아졌다. 그때의 추억을 되돌아보며, 나는 다른 사람의 실수를 들춰내는 꼰대가 되어있는지, 아니면 용기를 주는 사람이 되어있는지 반추해 보곤 한다.

금성에서 온 아내, 화성에서 온 나

2002년 내 나이 서른셋이 되던 해. 선을 보라는 둘째 고모 말씀을 나는 애써 외면했다. 1997년 봄에 공무원 생활을 시작했지만, 박봉에 아직도 자리를 잡지 못한 상태라 결혼은 남 일과 같은 얘기였다. 아버님께 크게 꾸지람을 들은 후 마지못해 선을 보러 나갔다.

그해 1월 어느 추운 겨울날. 인천 제물포 2층에 있는 카페에서 맞선 상대인 그녀를 만났다. 그날 무얼 마셨는지, 무슨 이야기를 나눴는지 전혀 기억이 나지 않는다. 다만 함께 식사 하자는 말도, 바래다주겠다는 말도 모두 거절했던 그녀. 머뭇거리며 그녀의 뒤를 따르던 내게, 따라오지 말라는 쌩한 말만 남긴 채, 제물포 앞 역에서 5번 버스를 타고 사라진 그녀의 뒷모습만 기억할 뿐.

아내와 나는 그렇게 처음 만났다. 나중에 들은 얘기지만, 다른 건 다 이해해도 대머리만 아니면 되었다고 했다. 그랬던 그녀가, 대머리인 나와 결혼해서 딸과 아들을 낳고 잘살고 있다.

통념처럼 남자들이 20대에 결혼하던 그 시절. 서른셋이 되도록 결혼하지 못한 나는 만년 노총각이었다. 친구들이 연애하고 결혼하는 것을 보면서, 나도 뭔가 준비를 해야겠다는 생각이 들었다.

그래서 읽게 된 책이 「화성에서 온 남자 금성에서 온 여자」다. 그 책의 저자인 존 그레이 박사가 30여 년간 인간관계 세미나를 열면서 부부들을 위한 상담센터를 운영하고 있다는 설명에 신뢰가 갔다. 첫 번째 책을 읽고 나자마자, 시리즈를 세 작품이나 내리읽었다. 몇 번이나 반복해서 읽고 나니 근거 없는 자신감이 불끈 솟았다. 당장 결혼해도 평생 부부싸움을 하지 않을 거라는.

하지만 현실은 책 속의 이론과 너무 달랐다. 30여 년간을 서로 다른 별에서 살다가 만난 우리 부부의 신혼집에는 싸움이 끊이지 않았다. 그때마다 나는 책에서 배운 지식을 총동원했다. 싸우지 말고 대화로 풀자고 달려들었다. 그럴수록 아내는 자기만의 동굴 속으로 꼭꼭 숨어 나올 생각을 하지 않았다. 그런 아내를 나는 마음속으로 원망했다. 모든 책임을 아내에게 돌렸다.

하도 답답한 끝에, 어느 날인가는 아내에게, "여보, 내가 우리 가정을 위해서 얼마나 노력하는지 알아? 나 자신을 정말 많이 바꿨다고!" 했더니, 아내는 "나는 뭐 노력을 안 하는지 알아? 나도 정말 많이 바뀌었다고!!"라며 나보다 더 큰 소리로 버럭. 책에서 읽은 지식이 휴짓조각처럼 느껴졌다.

원하는 게 있으면 말로 표현해달라는 나와 그 정도쯤은 눈치껏 알아서 하라는 아내의 대답이 부딪힐 때 부부싸움은 크게 일어났다.

살림에서도 마찬가지였다. 요리는 할 줄 몰라도, 전기밥솥에다 밥을 지을 정도의 실력인 나는, 식사 시간이 다가오면 아내가 "여보, 3컵만 안쳐주세요."하곤 했다. 그럴 때마다 나는 주방으로 가서 쌀을 씻어 전기밥솥에 안쳤다.

어느 날인가는 평소처럼 밥을 안치러 주방에 갔는데, 싱크대에 설거지할 게 잔뜩 쌓여 있길래 설거지부터 한 후 밥을 안쳤다. 그 후에도 밥을 지으러 주방에 가면 종종 잔뜩 쌓인 설거지가 나를 기다리고 있었다. 이후, 내가 설거지해야만 하는 횟수는 늘어만 갔다. 그럴수록 내 인내심은 점점 바닥을 쳤다.

화가 치민 나머지 나는 아내에게 따졌다. "여보, 차라리 설거지한 후, 밥을 지으라고 말해주세요." 그러자 아내는 "그 정도는 눈치껏 알아서 해주시죠!"라고 받아치는 게 아닌가! '어라? 왜 대화가 안 되지?' 책에서 배운 대로 실전 적용은 또다시 물거품이 되는 순간이었다. 마음만 상했다.

결혼 생활 20년. 우선, 설거지는 내 담당이 되었다. 그리고 아내가 밥을 지으라고 말하기 전에 내가 먼저 물어본다. "여보, 몇 컵이나 해요?" 그러면 아내가 답한다. "3컵이요." 그런데 이제 내게 또 다른 숙제가 생겼다. "이제는 몇 컵을 할 건지 묻지 말고 알아서 해요."라고 아내가 말했기 때문이다. '아! 몇 컵 할 건지는 정말 어려운데….'

내가 매번 밥을 지을 때마다, 아내에게 물어보는 이유는 이렇다. 우리 가족 식사량 기본은 3컵이다. 하지만 저녁을 지으며 다음날 아침밥을 함께 지을 경우도 있고, 찬밥이 남아 밥을 조금만 해야 하는 때, 다음날 식구 중에 식사 선약이 있어 집에서 밥을 먹지 않을 시 등등…. 끼니마다 다른 상황이 펼쳐지니. 그때마다 기본 3컵이 줄었다 늘었다 해서 여태 아내에게 물어보고 밥을 안쳤던 것인데.

앞으로는 나보고 알아서 하라니. 휴~ "여보, 이건 좀 더 기다려주세요~!!" "가끔은 외식도 하고, 배달도 시켜 먹으면 안 될까요?" 이런 실랑이 지쳐요. 라고 외치고 싶지만…. 꾹 참고 나를 되돌아본다.

오래전에 봤던 영화가 생각난다. 「일곱 가지 유혹(2001년 2월 개봉)」이라는 영화다. 앨리슨을 짝사랑하는 엘리엇(브랜든 프레이저 분)이 사랑을 이루기 위해 악마(엘리자베스 헐리 분)에게 영혼을 파는 내용이다. 악마는 일곱 가지 소원을 들어주기로 하는데, 소원을 말할 때마다 돈 많은 마약왕, 유명한 농구선수 등이 된다. 하지만 소원마다 뭔가가 부족해 소원은 이루어지지 않고, 결국 마지막 일곱 번째 소원을 말해야 하는 순간이 온다. 엘리엇은 마지막 소원에서 자신의 욕망 대신 짝사랑하는 앨리슨이 행복하게 해달라고 말한다.

영화처럼 사랑은 나의 욕망을 채우는 게 아닌, 진심으로 상대의 행복을 바라는 게 아닐까. 거창한 말로 포장하지 않더라도 그냥 '상대가 행복하다면' 그것만으로도 족한 것.

사랑과 결혼생활은 책에서 배울 수 있는 게 아닌가 보다. 나는 화성으로 돌아갈 생각이 없다. 아내를 금성으로 보낼 생각도 없다.

영화에서처럼 그냥 아내의 행복을 바란다. 그렇게 마음먹었다. 아니 작정했다. 아내와 함께 소소한 일상의 행복을 맛보며 한곳을 바라보려고. 검은 머리 파 뿌리가 되도록. 하늘이 우릴 갈라놓을 때까지.

그럼에도 불구하고 오늘도 외쳐본다. "여보, 가끔은 힌트를 좀 구체적으로 주세요~~!!" 라고 말이다.

E.T.와 분유 깡통

누구나 인생에 큰 영향을 준 영화가 한 편쯤 있을 것이다. 내게는 'E.T.'가 그런 영화다. 영화가 개봉되던 1984년. 내 일생일대의 큰 사건이 있었기에 인생 영화로 꼽는다. 그 일은 어머니가 운영하시던 가게에서 일어났다.

맞춤 양복이 유행하던 시절. 어머니는 양복에 들어가는 재료 파는 가게를 운영하셨다. 아버지는 회사에 다니셨는데, 퇴근 즉시 가게로 오셔서 어머니 일을 도우셨다. 부모님은 저녁 9시나 되어서야 집으로 돌아오시곤 하셨다.

주말이나 방학 때면, 나도 어머니 가게 일을 도와야 했다. 가게에서 공부하다가 어머니가 가끔 자리를 비우실 때, 대신 손님을 맞아야 했기 때문이다. 덕분에 용돈도 두둑이 챙길 수 있었다.

옷은 유행에 민감한지라, 맞춤옷 대신 기성복이 유행하며 잘 되던 우리 가게는 점차 어려워지기 시작했다. 더불어 내 용돈이 줄어드는 것은 당연한 일이었다.

용돈이 반 토막 나니, 뭔가를 갖고 싶다는 욕구는 나를 더욱 흔들어댔다. 가게에서 거스름돈을 보관하던 분유 깡통이 있는데, 가끔 돈이 필요하면 어머니 몰래 그 깡통에서 조금씩 꺼내 쓰곤 했다.

그 무렵. 고1이 되던 해. 6월에 'E.T.' 영화가 개봉했다. 친구들이 온통 그 영화 얘기뿐이었기에, 극장에 가고 싶은 마음이 굴뚝같았다. 돈이 없었다.

꿩 대신 닭이라고. 서점에 갔다가 우연히 'E.T.'라고 쓰여 있는 책을 발견. 홀린 듯이 그 책을 보며 순식간에 빨려들었다. 책에는 영화 속 장면이 담겨있는 사진이 컬러로 실려 있었다.

사진에 이어서 영화 속 이야기들이 펼쳐졌다. 마치 영화 보듯 선명히 펼쳐지는 그림. 하지만 동네 서점에 죽치고 앉아 그 책을 모두 읽을 수는 없는 노릇. 빠르게 가격을 확인하니, 2천 원이 조금 넘었다. 주머니를 뒤적였다. 책을 사기엔 어림없는 돈. 아쉬운 손길로 책을 제자리에 꽂아두고 서점을 나왔다.

아, 분유 깡통!! 나는 단숨에 가게로 달음박질쳤다. 가게로 달려가는 길. 내 마음속에서는 선과 악이 한바탕 전쟁을 치르고 있었다. "훔쳐, 훔쳐!" "안돼, 나쁜 짓이야!" E.T 책이 눈앞에 아른거리는 순간, 악마란 녀석이 슬그머니 고개를 쳐들며 승리의 미소를 보냈다.

가게에 도착하자 때마침 어머니가 자리를 비우실 낌새를 보이셨다. "신일아, 잠깐 가게 좀 보고 있어." "옳다구나!" 찾아온 절호의 기회. 콩닥거리던 가슴은 쿵쾅거리기 시작했다. 가게 밖을 살폈다. 어머니는 보이지 않았다. 나는 분유 깡통 앞에 앉아 동전을 추리기 시작했다. 오백 원짜리는 몇 개 없으니 금방 탄로 난다는 생각에, 백 원짜리 동전을 골라내서 추리기 시작했다. 덜덜거리는 손으로 동전을 겨우 챙겼다. E.T 책 살 돈을 모두 추리고 나서 금액이 맞는지 재차 확인했다. 분유 깡통이 손 타지 않았단 증거인멸은 기본. 내 마음은 이미 서점으로 달려가고 있었는데…!!

순간 뒤통수가 서늘해지는 게 아닌가. 슬며시 고개를 돌려 보니 문가에 떡하니 버티고 서 계신 어머니! 수많은 감정이 오가며 어머니와 눈이 마주치는 순간. 온몸에 피가 얼굴로 몰리는 것 같았다. 쿵쾅거리는 심장. 몇 초 되지 않았을 정적의 시간은 억겁의 세월처럼 느껴졌다.

그때 어머니의 목소리가 들렸다. "아이고~ 거기 앉아서 그걸 다 추렸어?" 평소 같으면 진즉에 몽둥이 타작도 시원찮을 판에. 어머니께서는 알 수 없는 표정으로 물끄러미 나를 내려다보실 뿐. 불현듯 수치심이 몰려왔다. 쥐구멍이라도 있으면 숨고 싶었다. 그리고 너무 죄송스러웠다. 차라리 둬지게 패기라도 하시지…. 고1씩이나 된 녀석이 도벽이라니.' 나 자신이 너무나도 한심하게 느껴졌다.

그 뒤는 어떻게 되었는지 잘 기억나지 않는다. 또렷한 건 어머니께서는 E.T 책을 사주셨다는 것과 표지가 해지고 책장이 떨어지도록 읽고 또 읽었다는 것이다. 그 일을 겪은 후, 정말 거짓말처럼 도벽이 사라졌다.

그 철없던 아들이 이제 50대 중반이 되어, 두 아이의 아빠가 되었다. 때마침 올해 작은아이가 고등학교 1학년이 되었다. 고1을 둔 부모 입장이 된 나에게도 같은 일이 일어난다면 어땠을까? 적잖이 당혹스러울 것 같다. 또 그 짧은 시간 동안 어떻게 대처할지를 결정한다는 것은 대단히 어려운 일이다.

어머니는 야단치기보다는 기다려주는 훈육을 택하셨다. 아들을 믿지 못했다면 할 수 없는 일이다.

'부끄러움을 아는 사람으로 길러주셔서 감사합니다. 또 믿고 기다려주셔서 감사합니다. 사랑합니다. 어머니.'

에필로그

이렇게 우리는 작가가 된다

이 책의 공동저자들은 인천광역시교육청 소속 사무관 이상 관리직 공무원들로 구성된 전문적학습공동체 〈인천교육행정정책연구회〉(이하 연구회)의 글쓰기 동아리 '글힘' 회원들이다. 전문적학습공동체는 조직 구성원들의 역량 강화를 위해 기관에서 예산과 활동을 지원하는 학습조직을 말한다. 연구회는 2022년 2월 창립총회 후 연구분과, 교육분과, 홍보분과로 나뉘어 연구회 자체 또는 지방공무원 전체를 대상으로 학술발표회, 독서토론, 연구 활동 보고서 제작, 워크숍, 봉사활동 등 다양한 활동을 하고 있다.

인천광역시교육청은 2023년 역점사업으로 '읽·걷·쓰'(책 읽는 인천, 함께 걷는 인천, 글 쓰는 인천)를 추진하고 있다. 학생, 학부모, 교직원, 시민이 함께하는 읽·걷·쓰 문화 확산을 위해 다양한 사업에 예산을 지원해준다. 연구회도 올해 공모를 통해 인천광역시교육청의 전문적학습공동체 예산과 인천광역시교육청 교육연수원의 역량강화 연수 예산을 지원받아 지방공무원들을 대상으로 글쓰기 연수를 진행했다.

〈작가와 함께하는 글쓰기 공개 강연과 글쓰기 워크숍〉을 통해 글쓰기에 관심이 있는 회원들이 퇴근 후 도서관에 모였다. 독서 모임에서 꾸준히 독서토론을 하면서 비판적인 사고와 인문학적 소양을 갖게 된 회원들은 책 읽기를 넘어 글을 써보고 싶다는 생각까지 하게 된 것이다. 네 차례의 글쓰기 워크숍을 통해 처음으로 글을 쓰게 된 회원들은 처음에는 한 문장도 써내려가기 힘들었다. 하지만 작가님의 코칭과 여러 번의 퇴고를 통해 글이 점점 좋아지는 놀라운 경험을 했으며, 생애 처음 에세이집 출간도 하게 되었다. 공저라서 개인의 원고 분량이 많지는 않지만, 난생처음 직장동료들과 '작가'가 되는 멋진 경험을 할 수 있는 좋은 기회가 되었다. 지금은 공저로 시작하지만 이들 중에서 글쓰기의 끈을 놓지 않고 계속 노력해 가까운 미래에 자신의 이름이 새겨진 책을 출간하게 될 '진짜 작가'들이 나오기를 기대해 본다.

봄부터 여름까지 몇 달 동안 글쓰기 워크숍을 통해 에세이 지도를 해주신 김도현 작가님과 용기와 끈기를 가지고 끝까지 원고를 완성해준 글쓰기 동료들에게 깊은 감사의 마음을 전하고 싶다. 마지막으로 연구회의 독서 모임과 글쓰기 동아리에 예산과 공간 등 다양한 지원을 해 주신 인천광역시교육청과 인천광역시교육청교육연수원, 인천광역시교육청북구도서관, 인천광역시교육청중앙도서관 관계자분들께도 다시 한번 감사드리며, 이 책이 출간되기까지 애정을 갖고 지켜봐 주신 모모북스 박종천 대표님께도 감사 말씀을 드린다.

공저 11인 대표 손문숙

곽미혜

인생 살면서 한 번쯤은 책을 출간하고 싶다는 생각을 갖는다. 나도 내 삶의 발자취를 남기고 싶다는 소망이 생겼고, 열공하다 보니 박사학위 논문 출간에 이어 에세이를 공저할 기회가 필연처럼 우연히 다가왔다. 박사학위 취득 후 글힘의 중요성을 느껴 독서 모임과 글쓰기 동아리에 가입했다. 독서 토론은 나에게 다양한 사고의 관점을, 글쓰기는 50대 중반의 내 인생을 돌아보고 성찰하며 이야기를 풀어내는 계기가 되었다. 앞으로도 '읽걷쓰' 즉 읽고 걷고 쓰기를 통해 자칫 느낄 수 있는 인생 후반기의 '공허함'을 '가득함'으로 채워가고 싶다.

권영남

글쓰기를 배우고 처음 책을 같이 내자는 제안을 들었을 때 과연 책을 낼 수 있을 정도의 글을 쓸 수 있을까 고민하고 망설였다. 소재 선정부터 전달할 메시지까지 고민하며 나름 나 자신과 주변에 대해 다시 생각해보는 계기가 됐다. 인생에 대한 통찰까지는 아니어도 덕분에 중년의 한 시점에 내 삶을 돌아보고 정리할 수 있었다. 함께 해주신 분들에게 감사드린다.

김승태

내 인생의 버킷리스트 중 하나는 책을 내는 것이었다. 때마침 나는 4주간의 글쓰기 연수를 만났다. 시작은 쉬웠다. 하지만 글을 완성해 가는 과정은 쉽지 않았다. 그 뒤 몇 번의 퇴고를 하고, 마침내 나의 글이 세상으로 나왔다. 이제 나의 글은 세상 속의 여러 독자를 만나게 된다. 나는 바란다. 내 글이 많은 독자와 함께 살아 숨 쉬고 나누어지기를….

배신일

특별하지 않은 삶이 과연 있기나 한 것일까? 처음 울음을 터뜨린 날부터, 아니 태중 작은 씨앗으로 존재했을 순간에도, 우리들의 삶은 필연적으로 누군가와 커다랗게 엮여있을 수밖에 없다. 인생이라는 웅장한 도화지를 펼쳐 들고……. 한 영혼, 작은 만남도 가벼이 여기지 않으며, 고뇌하며 정갈하게 삶을 그려나가는 아름다운 사람들을 만났다는 것…. 그것만으로도 참 소중하고 값진 깨달음이었다. 아직은 서툰 글솜씨지만, 그 안에 자리 잡은 순박하고 진솔한 삶의 이야기를 함께 나눌 수 있기를 희망한다.

손문숙

햇살이 따뜻했던 봄을 지나 무더운 여름까지 두 계절을 통과한 에세이 쓰기 여정이었다. 글쓰기 워크숍을 통해 에세이를 지도해주신 김도현 작가님과 열한 명의 글쓰기 동료들과 글 감옥에 빠져 지냈던 몇 달은 소중하고 깨달은 것도 많았던 시간이었다. 책 출간 경험이 있는 두 명을 제외하고는 글쓰기가 처음인 사람들이다. 동료들은 가볍게 에세이 한 편 쓰러 왔다가 일이 커져 버려 에세이 책까지 출간하게 되었다. 난생처음 자신과 가족, 직장, 취미 등 사적인 일들을 출간을 위해 솔직하게 써 내려가야 했다. 남에게 보여주기 위한 글을 처음 써본 동료들에게는 개인적인 일을 쓴다는 것에 큰 용기가 필요했을 것이다. '아름답지만 고통스런 글쓰기'의 맛을 알아버린 동료들에게, '끝까지 써낼 수 있는 용기'를 내준 데 깊이 감사드린다. 이 책은 에세이를 지도해주신 작가님과 글쓰기 동료들의 용기와 끈기가 빚어낸 아름다운 결과물이다.

심인옥

나에게는 미지의 영역이었던 글쓰기. 나의 경험과 감정을 관찰하고 글로 표현하는 작업은 생각보다 어려웠다. 갓난아기가 다양한 소리에 반응하는 시기를 거쳐 옹알이를 시작하는 것처럼 나도 글쓰기 워크숍을 통해 이제 옹알이를 시작한 느낌이다. 꾸준한 독서와 필사, 소소한 이야기도 메모하는 습관을 갖는다면 옹알이에 즐거움을 느끼는 아기처럼 글쓰기의 즐거움을 느낄 수 있지 않을까 생각해 본다.

유인자

평소 글쓰기 실력이 부족하다고 생각하고 있었는데 우연한 기회에 나갔던 글쓰기 모임에서 우리의 이야기를 모아 책을 낸다고 하니, 막연하기도 했고, 두려운 마음이 앞섰다.
직장생활 30년 동안 글쓰기라고는 보고서 작성뿐이었는데, 막상 나의 이야기를 쓰려고 보니 처음엔 한 줄도 쓰기가 어려웠다. 그래도 기억을 되살리며 한줄 한줄 쓰다 보니 어느덧 나만의 이야기가 완성되었다. 뿌듯하고 보람된 경험을 했다. 글쓰기 초보를 잘 이끌어 주신 김도현 작가님께 감사드린다.

윤한진

지금까지 잘 살아왔다. 이것은 온전히 내가 잘나서가 아니라 7남매를 한 명도 낙오자 없이 키워주신 부모님과 부족함을 서로 챙겨주었던 형제자매, 학교 은사님과 친구들, 직장 선후배 & 동료, 이웃들의 무한한 신뢰와 도움 덕분이다. 이들과 나눴던 경험을 서로 공감하고 소통하면서 성장하는, 따뜻한 공간이 되길 희망한다. 특히 미운 오리 새끼에서 백조로 거듭날 수 있도록 격려해주신 김도현 작가님께 머리 숙여 감사드린다.

임해순

뒤늦게 합류했다. 쓰고 나니 북적거리던 정신이 맑아진다. 여름 한복판 북한산 계곡에 발을 담그고 하늘을 올려 본다. 두둥실 떠가는 구름 아래로 소나무 가지가 걸려 있다. 한적한 벤치에 앉아 있으니 푸르른 녹음이 매미 소리에 잠긴다. 선생님과 원고 교정을 하며 옆을 돌아보니 돌절구 안에 곱게 핀 연보랏빛 부레옥잠이 손을 흔든다. 멀리 가려면 함께 가야지. 작은 소리에 귀 기울이며 즐거운 글쓰기 인생을 살고 싶다. 날마다 읽고 쓰는 삶의 기쁨을 함께 나누고 싶다.

최은성

가벼운 마음으로 신청한 글쓰기 연수를 시작으로 수필에 대해 배우고 작가님의 가르침에 따라 아껴둔 이야기를 풀어놓다 보니 어느새 글이 되고 책으로 출간하게 되었다. 처음에는 뚝딱 써질 줄 알았다. 이야기는 술술 풀릴 줄 알았다. 흩어졌던 이야기와 생각들을 정리하면서 어려움도 있었지만 혼자가 아닌 동료들과 함께했기에 더 의미가 있고 보람도 크다. 특별한 것도 없어 부끄럽기도 하다. 이 책이 마침표가 아닌 시작점이길, 공들여 아이를 키우듯 나도 성장하며 키워나가고 싶다. 지도해주신 김도현 작가님께 감사드린다.

한신일

내 글이 책에 실린다니 감격스럽다. 이 글쓰기에 참여하면서 설렘이 큰 만큼 두려움도 컸다. 글을 쓰는 내내 '이런 내용도 소재가 될 수 있나?' '사람들이 공감할까?' 반신반의하는 마음이 들었다. 같이 참여하는 동료들의 격려와 도움 덕분에 마무리할 수 있었다. 모두에게 감사드린다. 아울러 나의 이야기가 사람들에게 공감을 주었으면 하는 바람도 가져 본다.